MODERN HUMANITIES RESEARCH ASSOCIATION

CRITICAL TEXTS

VOLUME 5

Editor
MALCOLM COOK
(*French*)

LA TRIBU INDIENNE,

OU

EDOUARD ET STELLINA

LA TRIBU INDIENNE, OU ÉDOUARD ET STELLINA

LUCIEN BONAPARTE

Édition critique établie et présentée par

Cecilia A. Feilla

MODERN HUMANITIES RESEARCH ASSOCIATION
2006

Published by

The Modern Humanities Research Association
1 Carlton House Terrace
London SW1Y 5DB

First published 2006

ISBN 0-947623-66-3 / 978-0-947623-66-1
ISSN 1746-1642

Copies may be ordered from www.criticaltexts.mhra.org.uk

Table des matières

Introduction

On connaît Lucien Bonaparte plus pour son lien de parenté avec l'empereur Napoléon—dont il est le frère—que pour ses propres exploits considérables. Comme Napoléon le fait remarquer, « si les miens inspirent un grand intérêt aux peuples, c'est qu'ils tiennent à moi . . . »[1]. Lucien est pourtant un politicien courageux à qui son frère doit beaucoup. C'est surtout son rôle décisif lors du dix-huit Brumaire qui consacre sa réputation d'homme d'esprit: son sang-froid et sa conduite audacieuse pendant le coup d'état sauvent Napoléon de la destitution et lui garantissent sa place de Premier Consul. Mais Lucien a aussi des ambitions littéraires et, en 1799, publie un roman sentimental et exotique, *La Tribu indienne, ou Édouard et Stellina*.

Pour son premier essai littéraire, Lucien choisit une histoire très connue et très populaire à l'époque: une jeune Indienne sauve la vie d'un colon européen, mais, dans un acte cynique et calculé, ce dernier la vend comme esclave. Sous la plume de Lucien, cette histoire d'une amante délaissée par un amant perfide—aussi vieille que les héroïdes d'Ovide—se mêle aux intrigues politiques et aux thèmes de corruption et d'avarice des colons européens. On y trouve des relents d'exotisme, mis à la mode à la fin du siècle par Bernardin de Saint-Pierre dans son roman *Paul et Virginie* (1788). Dans la réédition de *La Tribu indienne* de 1848, l'éditeur nous signale que « Bernardin de Saint-Pierre a eu longtemps le manuscrit entre les mains. Il relisait souvent Edouard et Stellina et disait qu'il voudrait en être l'auteur ».[2] Il faut considérer l'anecdote avec indulgence, mais elle souligne les nombreux rapprochements entre l'œuvre de Lucien et celle de son ami Bernardin de Saint-Pierre. Selon une revue de 1799, le roman de Lucien « nous retrace la véritable sensibilité » et, comparé aux romans contemporains, « s'élève au-dessus du jour »[3]. À la fois héritière de Rousseau et de

---

[1] Gilbert Martineau, *Lucien Bonaparte: Prince de Canino* (Paris: Editions France-Empire, 1989), p. 3.

[2] P. Bry, *Veillées littéraires illustrées* (Paris: Lacour, 1848), p. 13.

[3] Extrait des *Soirées Littéraires* repris dans le *Journal typographique et bibliographique* (le 15 Floréal 1799), p. 229.

Bernardin de Saint-Pierre et précurseur du romantisme initié par Chateaubriand, qui publie *Atala* deux ans après (1801), *La Tribu indienne* fait date dans l'histoire de l'exotisme sentimental. Si le texte reste aujourd'hui inconnu, c'est, d'une part, parce qu'il a paru pendant une période de transition entre la sensibilité de l'âge des Lumières et celle du romantisme, et parce que son style sentimental et larmoyant n'est plus en vogue; et d'autre part, parce qu'il est devenu fort rare. L'auteur ne l'avait fait tirer qu'en petit nombre et sa parution, quelques mois avant le drame de Brumaire, fait ombrage et préjudice à sa diffusion. Devenu ministre de l'Intérieur sous le Consulat, Lucien veut effacer cette œuvre de jeunesse: il rachète et détruit tous les exemplaires disponibles. Seuls trois exemplaires de cette première édition nous sont parvenus.[4]

Encore plus valables et aussi rares que le texte sont les cinq illustrations dessinées par le grand artiste Pierre-Paul Prud'hon (qui a aussi bien illustré *La Nouvelle Héloïse* de Rousseau que *Paul et Virginie* de Bernardin de Saint-Pierre) et gravées par Barthélemy Roger et Jean Godefroy. Selon Charles Clément, elles sont projetées pour une édition de luxe qui « ne fut pas imprimée ».[5] Les gravures circulent séparément du texte et gagnent en renommée au dix-neuvième siècle, leur origine entourée du mystère.[6] Le peintre Eugène Delacroix les loue dans son éloge de Prud'hon dans la *Revue des Deux-Mondes* (1846): « On trouve un mystérieux plaisir, et j'allais dire un plaisir plus pur et plus dégagé de toutes les

---

[4] Il en existe un à la Bibliothèque Nationale de France; un autre à la bibliothèque du Château d'Oron, provenant de la collection de François Potocky; un troisième, dans la collection de William August Spencer à la New York Public Library provenant de la collection de Le Barbier de Tinan et celle de Montgermont.

[5] Charles Clément, *Prud'hon: sa vie, ses œuvres et sa correspondance* (Paris: Didier, 1880), p. 247. Le roman devait avoir dix planches dans les deux volumes, une par livre; cinq seulement furent exécutées, tirées à douze exemplaires chacune. Selon l'anecdote que rapporte Roger dans son catalogue manuscrit à la BNF, les enfants de Lucien s'amusaient à frotter les planches jusqu'à les détruire complètement. Voir Jean Guiffrey, *P. P. Prud'hon* (Paris: A. Morancé, 1924), p. 392.

[6] Les cinq compositions gravées ne comportent aucun titre et la rareté des exemplaires subsistants explique leurs classifications disparates, souvent d'après le sujet apparent. Toutes les gravures, ainsi que les dessins connus, pour ceux qui ont été publiés, sont signalés dans *De Pagnest à Puvis de Chavannes* (Paris: Réunion des musées nationaux, 1997).

impressions étrangères à la peinture, dans la contemplation de ces scènes dont les sujets sont sans explication ».[7]

La Tribu indienne est donc doublement intéressante. C'est la raison pour laquelle nous pensons qu'il est important de rendre à nouveau ce texte accessible car, depuis la fin du dix-huitième siècle, il n'a été réimprimé qu'en édition populaire ou dans les supercheries, et jamais avec les illustrations originales de Prud'hon.

L'AUTEUR

De tous les frères de Napoléon, Lucien Bonaparte est celui dont la personnalité reste la plus remarquable et la plus sympathique. « Ce singulier Bonaparte, esprit tout pacifique et tout aimable »[8], remarque l'éditeur Bry. Avant tout, c'est son indépendance de caractère qui le distingue mais indispose le Consul. Alors que Napoléon installe ses autres frères sur des trônes, Lucien résiste à ses desiderata, qualifiant ses frères d'« esclaves couronnés de sa trop puissante main ».[9] Il passera la plupart de sa vie en exil.

Le troisième fils de Charles Bonaparte et de Laetitia Ramolino naît à Ajaccio le 21 mars 1775. Après une enfance sans problème, il commence ses études en France comme boursier au collège d'Autun et puis à l'école de Brienne pour les terminer au séminaire d'Aix. Lucien s'y forge une solide culture et manie avec dextérité la langue française. Il est en Corse et a quinze ans quand la Révolution éclate en France. La nouvelle ère de réformes lui inspire un zèle ardent: « Personne ne salua plus ardemment que nous l'aurore de 89. »[10] Il se jette avec enthousiasme dans les sociétés populaires. Ses talents oratoires se révèlent bientôt et font impression sur le général Pascal Paoli, qui en fait son secrétaire. Lorsqu'en 1793 Paoli soulève la Corse pour la placer sous la souveraineté des Anglais, Lucien se sépare de lui et rentre en France. Bannie de Corse, la famille Bonaparte est contrainte à fuir et s'installe à Toulon où Lucien prononce un discours violent contre Paoli à la société populaire.

---

[7] Delacroix, *Pierre-Paul Prud'hon* (La Rochelle: Rumeur des âges, 1997), p. 31.

[8] P. Bry, p. 13.

[9] Préface aux *Mémoires*; Théodore Jung, *Lucien Bonaparte et ses mémoires, 1775-1840* (Paris: Charpentier, 1882-83), I, ix.

[10] Bonaparte, *Mémoires* (Paris: C. Gosselin, 1836), p. 3.

Lucien arrive à Marseille où il est accueilli au club révolutionnaire. Bientôt déçu par la violence des actes et des écrits révolutionnaires, il s'installe à Saint-Maximin, où il obtient une place de garde-magasin et épouse la fille de son aubergiste, Christine-Eléonore Boyer. Président du club pendant la Terreur, Lucien arrache au bourreau nombre de suspects envoyés à la guillotine. Pourtant, après le 9 Thermidor 1795, il ne peut éviter la réaction royaliste, est incarcéré dans les prisons d'Aix et n'aurait pas échappé à la guillotine sans l'intervention de son frère Napoléon vers lequel il se tourne et obtient le poste de commissaire des guerres de l'armée du nord. Il rentre en Corse chargé des instructions de Bonaparte, qui mène une campagne victorieuse en Italie. Trois ans plus tard, alors que la campagne d'Egypte se prépare, Lucien refuse d'accompagner son frère pour occuper un poste de député au Conseil des Cinq-Cents; il n'a pas encore les vingt-cinq ans règlementaires mais on fait une exception pour le frère du général Bonaparte.

Ainsi commence la carrière parisienne de Lucien. Aux Cinq-Cents, pendant tous les débats qui devaient conduire au dix-huit Brumaire, il fait preuve d'une assurance et d'une détermination énormes pour son âge. « Il avait, dit un contemporain, une physionomie expressive et distinguée. Sa taille était avantageuse et élancée... Il avait de l'esprit, le trait... de la chaleur et du sentiment ».[11] À l'Assemblée, il défend la constitution de la nouvelle République Cisalpine et la liberté de la presse et dénonce les Jacobins devenus ses ennemis. Inquiet de leur nouvelle force autant que de celle des royalistes, Lucien se lie à un groupe de députés mené par l'abbé Sieyès dont le but est de réformer le Directoire. C'est alors que commencent les préparatifs pour le changement de gouvernement. Mais le complot a besoin d'un bras armé, et on pense tout naturellement à Napoléon.

L'activité de Lucien pendant cette période est surprenante. Son roman est publié au printemps; au mois de juillet et d'août 1799, au moment même où se prépare le coup d'état de Brumaire, il fréquente le célèbre salon de la belle et brillante Mme Récamier, pour qui il se prend d'une passion ardente.[12] Empruntant le nom de

---

[11] Jung, I, xix.

[12] Jeanne Françoise Julie Adélaïde Récamier (1777-1849). « Au moment où elle apparaît brillante sous le Consulat, nous la voyons aussitôt entourée, admirée et

Roméo, Lucien adresse à Juliette des lettres galantes pleines de sentiments et d'allusions littéraires:

> « O Juliette! La vie sans l'amour n'est qu'un long sommeil: la plus belle des femmes doit être sensible. Heureux le mortel qui deviendra l'ami de votre cœur! . . . Encore des lettres d'amour!!! Depuis celles de Saint-Preux et d'Héloïse, combien a-t-il paru! »[13]

Chateaubriand trouve l'histoire plaisante et ajoute quelques pages à ses *Mémoires* pour présenter une des lettres « par l'auteur de la *tribu indienne...*» en concluant: « Au milieu des révolutions qui ont agité le monde réel, il est piquant de voir un Bonaparte s'enfoncer dans le monde des fictions. »[14]

À l'automne 1799, Napoléon revient d'Egypte; Lucien est président du Conseil et lui sert de trait d'union avec Sièyes. Son rôle clef dans le coup d'état de Brumaire est bien connu. C'est à la fermeté et surtout à la décision de Lucien que cet attentat contre la représentation nationale doit sa réussite. Par reconnaissance, le 24 décembre 1799, Napoléon le nomme ministre de l'Intérieur, poste extrêmement politique. Lucien se signale, d'une part, en promulguant la centralisation administrative—dont le champ d'action étendu couvre l'administration du territoire autant que l'organisation économique et sociale; et d'autre part, en accordant une protection éclairée aux arts, aux sciences et aux lettres. Républicain convaincu, il voit avec déplaisir le Premier Consul s'orienter vers un régime de plus en plus autoritaire. Lucien ne se cache pas de le lui dire, ce qui ne manque pas d'exacerber leur discorde. Napoléon lui retire son ministère en 1801 et le nomme ambassadeur à la cour de Charles IV d'Espagne. Durant son séjour à Madrid, Lucien contribue au traité de paix entre le Portugal et la

---

passionnément aimée. Lucien, le frère du Consul, est le premier personnage historique qui l'aime... » Saint-Beuve, *Causeries du lundi*, VII, 507.

[13] Jung, I, 275 (le 27 juillet).

[14] *Mémoires d'outre-tombe*, II, 307-08. Benjamin Constant commentait que « le style de cette lettre est visiblement imité de tous les romans qui ont peint les passions, depuis *Werther*, jusqu'à là... » (II, 99) Chateaubriand remarquait: « Pour un homme de sang-froid, tout cela est un peu moquable: les Bonaparte vivaient de théâtre, de romans et de vers» (II, 99). Pour eux, la vie même—comme la politique—suivait un plan esthétique.

France et signe le traité de paix entre l'Espagne et la France. En récompense, il reçoit des sommes considérables.

De retour en France en 1802, Lucien est nommé au Tribunat sous les ordres directs de Bonaparte où le Consul espère ainsi disposer d'un soutien sûr. De son côté, Lucien y voyait une possibilité de ressaisir l'influence perdue pendant son absence. Il défend notamment le texte du Concordat et la loi sur la Légion d'honneur. Il devient rapidement membre de l'Institut dans la section langue et littérature françaises, titre qui lui tient beaucoup à coeur. Tout laisse espérer une réconciliation entre les deux frères. Pourtant, Lucien a toujours le désir de succéder à son frère comme premier consul de France; le décret de mai 1802 établissant le Consulat de Napoléon à vie contrecarre ses projets. Lucien est contraint d'accepter un siège au Sénat, ce qui le pousse à reprendre son indépendance vis-à-vis de son frère.

À la mort de sa femme survenue en 1800, Lucien se console en se consacrant à l'art et à la littérature. Il acquiert l'hôtel de Brienne, se constitue une importante collection d'art[15] et donne des réceptions somptueuses fréquentées par l'élite des poètes et des écrivains. Arnault, Roederer, Volney, La Harpe, plus tard, Fontanes, Chateaubriand et Mme de Staël deviendront les invités réguliers de ces soirées brillantes. Lucien joue donc un rôle essentiel dans la vie littéraire de l'époque. Il s'entoure aussi des grands artistes, des hauts fonctionnaires, et des plus élégantes femmes de Paris. « Lucien Bonaparte a beaucoup d'esprit, écrit la Comtesse de Rémusat. Le goût des arts et d'une certaine littérature se développa chez lui de bonne heure. »[16]

Mais son goût pour les plaisirs et son esprit d'indépendance font de Lucien « un objet d'ombrage pour le premier consul ».[17] En octobre 1803, son mariage avec Alexandrine de Bleschamp, veuve Jouberthon, provoque la fureur de Napoléon qui, désireux d'en faire un exemple de la politique matrimoniale qu'il commence à concevoir, cherche en vain à le rompre: Lucien reste de marbre, et

---

[15] Toutes les toiles de sa collection ont pris le chemin des grands musées ou des trésors royaux. Voir Béatrice Edelein-Badie, *La Collection de tableaux de Lucien Bonaparte, prince de Canino* (Paris: La Réunion des musées nationaux, 1997).

[16] Claire-Elisabeth-Jeanne Gravier de Vergennes de Rémusat, *Mémoires* (Paris, 1802-08) I, 131.

[17] Rémusat, *Mémoires*, I, 133.

l'amour triomphe. Au printemps 1804, Lucien quitte la France avec sa famille pour s'établir à Rome, où il se rapproche du Pape Pie VII, tout en demeurant la cible des attentions de Napoléon, qui offre, toujours en vain, la réconciliation contre la séparation du couple.

En août 1810, le bateau emmenant Lucien et sa famille aux Etats-Unis est arraisonné par un croiseur anglais. Ils sont tous fait prisonniers. Durant une captivité en Angleterre qui dure presque cinq ans, Lucien se jette dans l'astronomie, l'archéologie et la littérature. Il reprend la rédaction de ses *Mémoires* (1836) interrompue par ses pérégrinations forcées et produit divers ouvrages dont son grand poème épique, *Charlemagne, ou L'église délivrée* (1814), le poème *La Cirnéide, ou la Corse sauvée* (1819), et nombre d'odes remarquables.

Les traités de 1814 permettent à Lucien de retourner à Rome où le pape lui confère le titre de prince de Canino. Ironie du sort, il offrira ses services à Napoléon pendant son emprisonnement sur l'île d'Elbe. Avec les Cent-Jours, Lucien espère reprendre la place qu'il pense devoir lui revenir. Napoléon accepte de le recevoir et les frères se réconcilient. Dès son retour en France, Lucien, considéré comme un prince français, est élu à la chambre des députés, dont il n'obtient pourtant jamais la présidence. Il ne peut donc pas soutenir son frère après Waterloo et Napoléon abdique pour la seconde fois. Un nouvel exil commence donc pour Lucien. De 1815 à 1821, il trouve asile auprès du pape et se livre plus que jamais à l'étude des sciences et des belles-lettres. Loin des affaires publiques, sans influence et encore en opposition profonde avec le pouvoir en place, Lucien meurt le 29 juin 1840 à Viterbe, en Italie, d'un cancer de l'estomac, tout comme son frère. Sa veuve publie le second volume de ses mémoires sous le titre *Le Dix-huit Brumaire* (1845). Sans obtenir un réel succès, ses écrits révèlent une vive imagination, un grand raffinement et un goût profond pour la littérature et la philosophie. Comme écrit le poète Béranger, Lucien est « célèbre par un grand talent oratoire et par l'amour des arts et des lettres ».[18]

---

[18] Pierre-Jean Béranger, Dédicace, *Chansons de Béranger* (Bruxelles: Louis Hauman, 1836), pp. 513-16.

LA GÉNÉOLOGIE DE LA TRIBU INDIENNE

Pour son début littéraire, Lucien choisit une histoire disposant déjà d'une longue généalogie. Tirée de récits de voyage du dix-septième, elle est popularisée par une version de Richard Steele publiée dans le *Spectateur* (1711) sous le titre « Histoire d'Inkle et d'Yarico »[19]: après avoir sauvé la vie d'un Anglais (Thomas Inkle ou Hinkle), une sauvagesse de la Barbade (Yarico) est lâchement abandonnée par lui. Cette histoire touchante, que Voltaire qualifie de « très attendrissante » et dans laquelle Grimm trouve « un grand caractère et une morale profonde » provoque un intérêt énorme à l'époque.[20] Pendant tout le dix-huitième siècle, elle sera reprise en vers et en prose, et sous forme de ballets, de drames et de pantomimes. Il serait impossible d'indiquer ici toutes les œuvres antérieures et tous les rapprochements possibles avec le roman de Lucien; nous limitant aux œuvres essentielles, au trajet du sujet en France et aux sources influençant directement la composition de *La Tribu indienne*, nous renvoyons le lecteur aux nombreuses études approfondies portant sur le développement de l'histoire d'Inkle et Yarico au dix-huitième siècle, en particulier celle de Lawrence Marsden Price, de Gilbert Chinard et, plus récemment, de Lorenzo Bellettini.[21]

L'anecdote apparaît pour la première fois dans les récits de voyage de Jean Mocquet (*Voyages en Afrique, Asie, Indes Orientales et Occidentales*, 1616) et de Richard Ligon (*True History of the Island of Barbadoes*, 1657). Chez Mocquet, l'Anglais abandonne son amante et leur fils; tandis que chez Ligon, il la vend comme esclave. Dans ce dernier texte, publié en français en 1674, la trahison est plus perfide, puisque l'Indienne ne perd pas seulement son amant mais aussi sa liberté, d'où la conclusion: « And so poor Yarico for her love, lost her liberty ». C'est

---

[19] *The Spectator,* 13 mars 1711 (n. 11).

[20] Chamfort, *La Jeune Indienne,* ed. et intro. par Gilbert Chinard (Princeton, NJ: Princeton University Press, 1945), pp. 4, 11.

[21] Lawrence Marsden Price, *Inkle and Yarico Album* (Berkeley, CA: University of California Press, 1937); Gilbert Chinard, introduction à la pièce de Chamfort, *La Jeune Indienne* (1945); et Lorenzo Bellettini, 'Dalle isole Barbados all'harem del sultano: Saggio di letteraturea comparata sulla diffusione della materia americana di Inkle e Yariko nelle letterature europee' *Bibliotheca phoenix* 19 (Florence: Carla Rossi Academy Press, 2003) pp. 1-23.

d'ailleurs cette version qui est le plus souvent imitée au dix-huitième siècle.

En 1711, Richard Steele reprend le thème, publié dans le *Spectator*, journal anglais dont Steele et Joseph Addison sont éditeurs. Au récit de Ligon, Steele ajoute l'ingratitude horrible qui fait le fond de cette aventure: en homme plein de sens pratique, Inkle utilise la grossesse de son amante pour en doubler le prix. Faite pour émouvoir la sensibilité de l'époque, l'anecdote, traduite en français dans les pages du *Spectateur anglais*, saisit l'imagination des lecteurs. En 1746, le poète allemand Christian Fürchtegott Gellert imite Steele dans un poème publié dans un recueil intitulé, en traduction française, *Fables et contes* (1750). Le poème de Gellert, qui ajoute une morale condamnant à la fois l'amour de l'argent et la cruauté d'Inkle, est mise en vers français par Boulanger de Rivery (1754) et par Michel-Jean Sedaine (*Recueil de poésies*, 1760). Puis en 1764, *La Jeune Indienne,* comédie en un acte de Chamfort,[22] fait ses débuts à la Comédie Française. La pièce connaît un franc succès: 96 représentations entre 1770 et 1793.[23] Chamfort ajoute un aspect psychologique absent chez les auteurs précédents. Il ne s'agit plus chez lui de « l'égoïsme brutal d'un individu isolé: c'est la vie même, ce sont les conventions et presque les obligations sociales qui séparent les deux amants »[24]. Comme dans la version allemande, Chamfort aménage le dénouement de manière à ce que les héros finissent heureux et dignes de l'être. « Nous avons applaudi à ce plan, écrit un contemporain, fait pour plaire aux âmes sensibles et honnêtes. »[25] Bien loin de l'histoire racontée par Steele, le thème sentimental et le républicanisme philosophique de la pièce marquent un développement dont Lucien s'est peut-être inspiré. Du

---

[22] La même année, Claude Joseph Dorat reprend le thème dans trois poèmes (*Lettre de Zéila*, *Réponse de Valcour* et *Lettre de Valcour à son père*) qui forment une sorte de court roman en vers. Dans cette « turquerie sentimentale », Valcour (Inkle) ne vend pas Zéila (Yarico) comme esclave; elle est plutôt enlevée par un sultan de Constantinople. Le thème central et le lieu asiatique exceptés, les rapprochements avec le roman de Lucien sont inexistants, tant dans les situations que dans les personnages. *Œuvres choisies de M. Dorat* (Paris: Delalain ainé, 1786), I, 197-220.

[23] Chinard, Introduction, p. 19.

[24] Chinard, Introduction, p. 34.

[25] *Bibliothèque des romans* (nov. 1788), p. 129.

moins, donne-t-il le nom d'un des personnages de Chamfort au père de son héros: Milford, l'ami raisonnable et peu sentimental du héros Belton (Inkle) qui lui conseille d'abandonner Betti (Yarico) pour se marier, devient le père d'Edouard dans *La Tribu indienne*, qui transmet à Edouard sa passion pour l'or. Hésitant entre son amour et une vie de confort et de luxe (« La nature et l'avidité se disputaient la possession d'Edouard » [p. 96])[26], Edouard évoque le personnage de Belton par certains détails.

Mais la version à laquelle *La Tribu indienne* ressemble peut-être le plus est un récit en prose paru dans la *Bibliothèque des romans* en novembre 1778 sous le titre *Inkle & Iarico, Histoire Américaine*. L'auteur anonyme développe le sujet pour en faire une nouvelle de vingt-cinq pages. Vingt ans plus tard, Lucien reprend plusieurs éléments de cette version dans son roman, mais le transpose aux Indes, dans l'île de Ceylan et réserve une fin douloureuse aux amants, affleurement de l'influence profonde de l'œuvre de l'abbé Raynal. Son *Histoire philosophique et politique des établissemens et du commerce des Européens dans les deux Indes* (1770) est l'une des œuvres les plus diffusées dans la France pré-révolutionnaire et elle a un effet durable sur Lucien.[27] Raynal y fait de l'histoire du commerce une sorte de machine de guerre contre l'ordre politique et religieux. Despotisme et religion y sont également développés avec une véhémence constante; ces deux thèmes reparaissent dans *La Tribu indienne*, sous forme de tirades contre les prêtres et les colons.

Dans la troisième partie de son *Histoire*, Raynal donne une version de l'anecdote d'Inkle et de Yarico. Il s'en inspire essentiellement pour expliquer un soulèvement d'esclaves à la Barbade et pour s'élever contre l'exploitation des indigènes par les colons européens. Puisque le récit est court, nous le donnons ici:

INGRATITUDE MONSTRUEUSE D'UN ANGLAIS DE LA BARBADE

---

[26] Toutes les références aux pages de *La Tribu indienne* sont de notre édition.

[27] Dans ses *Mémoires*, Lucien raconte qu'en 1789 le discours de Raynal devant la Constituante « ne fut pas sans influence sur nous » et que Napoléon « se proclamait son fidèle disciple » (Jung, I, 275). Raynal est d'ailleurs cité plusieurs fois dans les notes de Lucien (voir pp. 115-18 ci-dessous).

Des Anglois débarqués sur les côtes du continent pour y faire des esclaves, furent découverts par les Caraïbes qui servoient de butin à leurs courses. Ces sauvages fondirent sur la troupe ennemie, qu'ils mirent à mort ou en fuite. Un jeune homme long-tems poursuivi, se jetta dans un bois. Une Indienne l'ayant rencontré, sauva ses jours, le nourrit secrètement, & le reconduisit après quelque tems sur les bords de la mer. Ses compagnons y attendoient à l'ancre ceux qui s'étoient égarés: la chaloupe vint le prendre. Sa libératrice voulut le suivre au vaisseau. Dès qu'ils furent arrivés à la Barbade, le monstre vendit celle qui lui avoit conservé la vie, qui lui avoit donné son cœur, avec tous les sentimens et tous les trésors de l'amour. Pour réparer l'honneur de la nation Angloise, un de ses poëtes a dévoué lui-même à l'horreur de la postérité, ce monument infâme d'avarice & de perfidie. Plusieurs langues l'ont fait détester des nations. (III, 524-25)

La trahison commise par le « monstre » anglais peut représenter, de manière symbolique, l'histoire malheureuse entre le Nouveau et l'Ancien monde. On y retrouve le caractère scandaleux des romans de l'époque, comme dit Lise Andries, et la gravure qui la représente « ressemble aux petits tableaux de genre à la mode dans les estampes de la fin du dix-huitième siècle ».[28] L'anecdote frappe l'imagination des contemporains et figure dans toutes les éditions de L'Histoire.

Lucien étend l'histoire et fournit des détails historiques et physiques de l'île de Ceylan empruntés de Raynal.[29] Il semble avoir combiné la version de Chamfort et celle de la nouvelle anonyme avec plusieurs aspects plus ou moins précis de L'Histoire. Avant tout, ce qui s'impose est la mise en scène du monde colonial dans l'océan Indien où le despotisme asiatique et le colonialisme servent de métaphores et de révélateurs aux abus de la société de l'Ancien Régime. Dans cette optique, La Tribu indienne est unique. Quelle que puisse être la dette de Lucien envers ses prédécesseurs, on voit combien la simple anecdote d'Inkle et

---

[28] Lise Andries, 'Les illustrations dans l'Histoire des deux Indes,' L'Histoire des deux Indes: réécriture et polygraphie (Oxford: Voltaire Foundation, 1995) 11-41 (p. 27).

[29] Surtout de la première partie de L'Histoire, « Découverte, guerres & conquêtes des Portugais dans les Indes Orientales ».

Yarico a été transformée. Une étude rapide du récit de *La Tribu indienne* pourra servir à rendre plus clair la nouveauté et l'originalité du roman.

SENSIBILITÉ, EXOTISME, RÉVOLUTION

La Tribu indienne se déroule, comme la *Chaumière indienne* de Bernardin de Saint-Pierre, aux Indes. Le roman retrace l'histoire d'Edouard, jeune fils unique d'un négociant anglais, élevé dans les idées mercantiles les plus étroites (« Il n'avait jamais entendu que de calculs, de chiffres, ou de métaux » [p. 27]). Milford, le père, envoie Edouard ainsi qu'une cargaison de grand prix à Java pour s'y occuper des affaires de la famille. Le navire jette l'ancre à Ceylan pour s'approvisionner en eau. Les passagers descendent et pendant qu'Edouard part en reconnaissance, ses compagnons sont massacrés par un groupe d'Indiens. Seul et sans ressources, Edouard vagabonde dans la nature, tout en déplorant son sort. Bientôt, il rencontre une jeune fille endormie: il s'agit de Stellina, la fille du chef des Bédas, qui se réveille en sursaut et se saisit de ses armes; en effet, la loi de la tribu exige que tout étranger soit sacrifié. Mais « la nature, plus forte que les préjugés, l'arrête. Elle ne peut point se résoudre au barbare sacrifice que l'on nomme devoir » (p. 35). Edouard lui explique ses malheurs et parvient à gagner l'amour de Stellina. « Ses yeux mouillés des pleurs de la pitié, se fixent encore sur le jeune homme défaillant ... Une puissance irrésistible l'entraîne auprès de lui » (p. 35). Elle lui donne asile dans la grotte de l'hospitalité (voir fig. 1).

Mais cette rencontre avec l'Européen génère une crise dans l'âme de Stellina qui voit pour la première fois l'injustice et la cruauté des lois et des traditions de sa tribu. « Notre cruauté, elle se dit, doit finir avec notre ignorance » (p. 36). Les coutumes et rituels qui règnent sur l'île sont le résultat des abus infligés par les colons portugais. Stellina cherche à sauver du bûcher trois autres Anglais qui ont survécu au massacre en expliquant qu'ils ne sont pas Portugais. Le chef cède et, pendant un certain temps, l'humanité et la justice triomphent (voir fig. 2). Commencent ensuite des intrigues qui divisent la tribu en factions politiques, religieuses et militaires (« chacun d'eux espère recueillir le fruit de ces divisions » [p. 57]); ici le récit tourne vers un autre genre, plus sombre et plus baroque que celui de Bernardin de Saint-Pierre: le roman noir. Stellina se résout à fuir avec Edouard et le conduit à travers mille difficultés jusqu'aux établissements portugais.

Toutefois, la nature avare du jeune Anglais reprend le dessus et il vend sa maîtresse au chef des Portugais, qui veut l'utiliser comme pion dans le jeu politique (voir fig. 5). Les compatriotes de Stellina viennent la chercher et, la trouvant déshonorée et prisonnière, se vengent en tuant Edouard. Le meurtre de l'Européen précipite la guerre entre Portugais et Bédas. Affaiblie par la discorde, la tribu est livrée à la destruction. Stellina, quant à elle, meurt en couche sans jamais croire en la perfidie de son amant. « Tel est le fond de ce roman très-tragique » résume un contemporain.[30]

En 1799, *La Tribu indienne* est louée pour ses qualités sentimentales et sa voix de la nature: « Il s'empare du cœur. Toutes ses peintures, ses images, ses expressions, tantôt énergiques et tantôt gracieuses, sont animées sans jamais cesser d'être naturelles. »[31] La place que Lucien fait à la sensibilité, sa passion pour la nature et son dédain pour les formes sociales et les contraintes traditionnelles reprennent les préoccupations et les traits du roman préromantique; l'aspiration de transporter le lecteur dans des contrées et des temps éloignés est propre à la génération romantique. Son roman émet la même invitation à remettre en question les formes européennes qu'on trouve chez Raynal; le grand déploiement de mots étranges, de paysages inconnus, d'objets et de mœurs barbares, y évoquent l'exotisme de Bernardin de Saint-Pierre dans *Paul et Virginie*.

Mais les différences par rapport au texte de Bernardin de Saint-Pierre, auquel *La Tribu indienne* est souvent comparée, sont nombreuses et importantes. D'après l'interprétation de Cherpack, *Paul et Virginie* raconte l'histoire d'une enclave vertueuse détruite par la corruption de l'Ancien Régime.[32] Le roman de Bonaparte par contre peint une société indienne plus proche de celle de l'Ancien Régime. L'amour entre l'Indienne vertueuse et l'Anglais négociant est compliqué par leurs différences de culture et plus infecté par l'ennui et l'avarice du héros. Stellina, comme Virginie, symbolise la culture primitive menacée par l'influence des Européens. Mais

---

[30] *Magasin encyclopédique* (1799) V, i, 420.

[31] Extrait des *Soirées Littéraires*, XIV, p. 281, réimprimé dans le *Journal typographique et bibliographique* (15 flor. 1799), p. 229.

[32] Pour une discussion des différentes interprétations de *Paul et Virginie*, voir Malcolm C. Cook, 'Harmony and Discord in *Paul et Virginie*,' *Eighteenth-Century Fiction*, 3.3 (April 1991), pp. 205-17.

l'héroïne étrangère permet d'exprimer les dangers de l'expansion coloniale et de mettre l'eurocentrisme en question. La façon de faire du corps de Stellina un enjeu qui représente le conflit entre indigènes et colons pose une double question: la possession de son corps, soit sexuel, soit politique, postule un rapport métaphorique entre le corps de l'Indienne et le corps politique des Bédas (« Cette femme est le noeud qui doit nous réunir avec la tribu de Ténor: elle doit donner au Portugal l'entière possession de Ceylan; les mines du pic d'Adam sont la dot qu'elle nous apporte » [p. 96]); la rencontre avec l'Européen met en péril la culture fragile de l'île.

Produit de la période de réformes de l'après 1789, le roman de Lucien, comme *Atala* et *René*, reflète les espoirs et les faillites de la Révolution. Contrairement à Chateaubriand, Lucien est républicain et révolutionnaire. L'opposition entre nature et culture, sentiment et raison autant qu'authenticité et tradition est donc tout autre chez lui et marque une étape intéressante avant la mise en place du paradigme romantique. La nature polémique du roman fait encore partie de la littérature révolutionnaire. Il n'est pas inutile de rappeler que le jeune auteur est dévoré d'ambition politique et doué d'une sensibilité vive. Rousseau, découvert à la sortie du séminaire, et la Révolution lui fournissent les thèmes de ses discours émaillés de rêves de libération de l'individu. Président du Conseil des Cinq-Cents et auteur de plusieurs pamphlets politiques, son roman fait écho aux événements contemporains en France et doit être mis en rapport avec la situation politique à l'époque. Edouard n'incarne pas tant la crainte de la pauvreté et des dures besognes quotidiennes que les notions d'avarice et d'ingratitude. L'ingratitude est décrit dans le roman comme « plus funeste que la guerre civile et l'assassinat » (p. 68). Comment ne pas croire qu'à travers Edouard, Lucien peint ce qu'il a vécu pendant la Révolution? Rappelons qu'il avait coutume de dire à ses enfants:

> Faites vous le bien toutes les fois que vous pourrez, mais toujours sans compter sur la reconnaissance de ceux que vous obligez, car l'ingratitude est essentiellement dans la nature humaine et la gratitude est l'exception.[33]

---

[33] *Mémoires du prince Pierre-Napoléon Bonaparte, Lucien et sa famille,* p. 17. Pendant la Terreur, Lucien est président du club révolutionnaire de Saint-Maximin, et arrache au bourreau nombre de suspects envoyés à la guillotine. Mais en guise de récompense, après le 9 thermidor, il est appréhendé par un de ceux qu'il a sauvé d'une mort certaine et incarcéré.

Cette notion sombre de l'ingratitude essentielle des hommes est évidente dans la conduite infâme et lâche d'Edouard envers sa bienfaitrice. Même les Portugais trouvent répugnant l'abandon d'Edouard. Il n'en reste pas moins que dans les dernières pages, Lucien fait entendre, par la voix de Stellina, la douleur d'une amante trop confiante et naïve, trahie par son séducteur; ainsi, ce roman, qui se veut sentimental, devient « très-tragique ».

LE SORT DU TEXTE

La Tribu indienne est publiée par l'imprimeur Honnert début 1799; trois notices dans la presse annoncent sa mise en vente entre le mois de mai et le mois d'avril.[34] Selon une source, trente exemplaires sont tirés; selon une autre, le nombre est de trois cents.[35] Si le nombre exact d'exemplaires tirés est inconnu il est certain qu'il est faible et que Lucien les fait retirer du commerce peu après les événements du dix-huit Brumaire. Dès lors, l'ouvrage est fort rare. Trois exemplaires de la première édition nous restent et se trouvent à la Bibliothèque Nationale de France et à la bibliothèque du Château d'Oron en Suisse. Le troisième, provenant de la bibliothèque de Le Barbier de Tinan, se trouve actuellement dans la collection de William August Spencer à la New York Public Library. C'est le mieux préservé et le seul comprenant les cinq gravures de Godefroy et Roger, d'après les figures de Prud'hon.[36]

Au dix-neuvième siècle, le texte a un sort différent des dessins. Il paraît d'abord en traduction danoise, en 1805, sous le titre *Eduard og Stellina*; puis en allemand en 1812, sous deux titres

---

[34] *Journal typographique et bibliographique* (15 floréal 1799), p. 229; *Magasin encyclopédique* (1799), V, i, 420; *Journal Général* (1799) II, 140.

[35] P. Bry: « Le roman fut primitivement tiré à trois cents exemplaires » (*Veillées littéraires illustrées*, p. 13).

[36] La reliure d'Emile Mercier, imitée de Bozérian, unie les deux tomes et les illustrations dans une volume. On ignore comment Prud'hon fut choisi pour illustrer cet ouvrage. Entre 1792 et 1799, il préparait six vignettes pour une nouvelle édition de *La Nouvelle Héloïse* (Paris: Bossange, 1804). En 1806, une nouvelle édition de *Paul et Virginie* ornée de cinq figures de Prud'hon est parue. Comme Lucien, Prud'hon avait des tendances jacobins, et son style sentimental le rattache plus au dix-huitième siècle qu'à ses contemporains néoclassiques.

différents: *Der indianische Volksstamm* et *Eduard und Stellina*.[37] En 1822, le roman est réimprimé en français sous un nouveau titre, *Les Ténadares, ou l'Européen et l'Indienne* « traduit de l'anglais de Mistress Helm par M. A. C. ».[38] Le volume ne fait aucune mention du nom de l'auteur français, mais reprend exactement le texte de *La Tribu indienne*. Selon Charles Clément, le roman de Lucien « a été l'objet d'une supercherie littéraire »; selon d'autres, Lucien lui-même aurait décidé de republier son texte.[39] Mais en 1822, Lucien habite Rome et il semble douteux qu'il ait eu une main dans la republication de son roman, surtout sous un pseudonyme féminin et anglais.

Les gravures, pour leur part, circulent séparément du texte et gagnent en renommée. En 1846, Eugène Delacroix décrit les vignettes dans son éloge du peintre Prud'hon et affirme qu' « un poème ou roman de Lucien Bonaparte a fourni le sujet » des compositions « admirables ».[40] Comme elles n'ont pas de titre et que les exemplaires subsistants sont rares, les compositions reçoivent divers noms selon leur sujet et c'est sans doute aux gravures de l'artiste Prud'hon que le roman doit sa notoriété aujourd'hui. En 1848, le texte est de nouveau publié dans l'édition populaire *Veillées littéraires illustrées* sous le titre original, et accompagné de nouveaux dessins par Edouard Frère gravés par Rouget. Selon l'éditeur, c'est « sous un patronage illustre » qu'il

---

[37] E. Munch-Petersen, *Bibliografi over oversættelser til dansk 1800-1900 af prosafiktion fra de germanske og romanske sprog* (Copenhague: Rosenkilde og Bagger, 1976), p. 598; et Price, *Inkle and Yarico Album*, pp. 68-9.

[38] Il y a beaucoup de confusion sur la date de publication de cette réédition. Jung constate une date de 1802, en accord avec la carrière parisienne de Lucien, mais qui contredit la date des exemplaires connus du texte: l'exemplaire à la BNF et celui de la bibliothèque du Château d'Oron portent tous deux la date de 1822. L'erreur a été répétée par les imitateurs de Jung, de Clément et Guiffrey jusqu'à Martineau. Voir aussi les recherches d'Angus Martin et al, *Bibliographie du genre romanesque français* (Paris: Mansell, 1977), p. 427, qui constatent une date de 1822. Elizabeth Helme (morte en 1814) est une romancière anglaise. Ses romans exotiques et sentimentaux étaient populaires, surtout *Louise, ou la Chaumière dans les marais*, traduit en français (Paris, 1787).

[39] Clément, p. 247. Jung attribue les ambitions littéraires de Lucien au fait qu'il « rêvait en effet tous les succès » (I, 275). Selon Martineau, Lucien republie son roman pour plaire à Mme Récamier (p. 98), ce qui corroborerait une publication en 1802, mais contredit la date portée sur les exemplaires qui nous restent.

[40] Delacroix, p. 31.

présente le livre.[41] S'il existe d'autres exemplaires du roman, ils se trouvent probablement dans des collections privées.

On se demandera bien sûr quelles sont les raisons pour lesquelles Lucien détruit son œuvre. A-t-il été déçu par sa réception tiède, comme le pense son biographe Jung, ou voulait-il, comme son frère Napoléon, abandonner ses ambitions littéraires en faveur de ses succès politiques?[42] Est-ce la même ambition qui le mène à détruire toute évidence de son premier essai littéraire?[43] Lucien n'aborde pas le sujet dans ses *Mémoires*; on peut donc spéculer que le roman sentimental, genre préféré des femmes, est vu comme véhicule d'une morale efféminée et nocive à l'esprit viril de la France et donc incompatible aux aspirations politiques.[44] De plus, la corruption du pouvoir militaire et politique illustré dans le roman peut être vue comme une critique du régime de son frère, le premier Consul.

Comparé aux gravures de Prud'hon, le roman reçoit peu de reconnaissance. L'édition reprise ici, par exemple, se trouve actuellement dans un fond d'illustrations et de livres illustrés à New York. Nous avons pensé qu'il était important de rendre accessible ce texte qui n'est pas dépourvu de tout charme et dont la valeur documentaire est certaine.

---

[41] P. Bry, p. 13.

[42] L'empereur avait aussi des ambitions littéraires avant de se distinguer en tant que militaire et politicien. Joseph, le frère de Lucien et de Napoléon, lui aussi publie *Moïna, ou la villageoise du Mont-Cenis,* un conte sentimental, en 1799, dont Andrew Hilliard Atteridge rapporte un éloge par Bernardin de Saint-Pierre (*Napoleon's Brothers* (London: Methuen & Co, 1909), p. 54).

[43] Rappelons que Napoléon voulait aussi détruire ses propres œuvres de jeunesse et Chateaubriand écrivait de son conte *René*, « s'il m'était possible de le détruire, je le détruirais » (Pierre Reboul, préface à *Atala*, p. 9).

[44] Voir Julia Douthwaite, *Exotic Women* (Philadelphia: University of Pennsylvania Press, 1992), pp. 184-90.

Fig. 1. *L'Hospitalité, ou la Chasseresse*, gravée par Roger. Spencer Collection, The New York Public Library, Astor, Lenox and Tilden Foundations.

Fig. 2. *Le Sacrifice, ou Riamir délivrant les prisonniers anglais,* gravée par Jean Godefroy. Spencer Collection, The New York Public Library, Astor, Lenox and Tilden Foundations.

Fig. 3. *L'Oracle, ou Stellina aux pieds de l'Idole*, gravée par
Roger. Spencer Collection, The New York Public Library,
Astor, Lenox and Tilden Foundations.

Fig. 4. *La Grotte*, gravée par Roger. Spencer Collection, The New York Public Library, Astor, Lenox and Tilden Foundations.

Fig. 5. *L'Ingratitude, ou la Soif de l'or*, gravée par Roger. Spencer Collection, The New York Public Library, Astor, Lenox and Tilden Foundations.

NOTE SUR LE TEXTE

Le texte reproduit ici reprend celui de la rare première édition de *La Tribu indienne* que Lucien Bonaparte a fait publier en 1799, et qu'il a supprimée peu après. Nous avons ainsi décidé de privilégier cette édition, à la différence du texte de la réédition de 1822 et ensuite la troisième édition corrigée et publiée en 1848. Notre édition est la seule depuis 1799 à fournir au lecteur le texte définitif, complet des cinq gravures de Roger et Godefroy d'après les dessins de Prud'hon.

Quant à l'orthographe, nous avons conservé l'orthographe originale mais, par rapport à l'orthographe moderne, elle présente peu de différences et aucune véritable difficulté pour le lecteur. Les pluriels qui se terminent maintenant en « –ants » ou « –ents » sont orthographiés « –ans » et « –ens »; un trait d'union divise des mots actuellement réunis (long-tems, sur-tout, par-tout) ou relie des mots actuellement séparés (tour-à-tour, tout-à-coup, coup-d'œil); l'accentuation diffère dans « ame » (âme), « desirer » (désirer), « ameneraient » (amèneraient), « gaité » (gaîté), « entiere » (entière); et temps s'écrit « tems ». Nous avons également retenu les variantes dans « jetter » (jeter), « appercevoir » (apercevoir), et « Européans » (Européens). Une phrase répétée par inadvertance à la page 15 de la première édition (« le pays de Colombo, et qui occupe toute la partie de l'île ») a été corrigée ici (p. 8). Nous avons respecté tous les points de suspension.

Il n'a pas semblé nécessaire de surcharger le texte de notes sur la langue, qui est simple. Nous avons gardé toutes les notes de l'auteur et de son éditeur.

LA
TRIBU INDIENNE,

OU

ÉDOUARD ET STELLINA.

Par le citoyen *Lucien Bonaparte*

TOME PREMIER.

A PARIS,

De l'Imprimerie de Honnert, rue du
Colombier, n°. 1160.

AN VII.

La Tribu indienne, ou Édouard et Stellina

À ÉLÉONORE B****.

C'EST à toi, mon Eléonore, que je dédie mon premier essai littéraire: puisse-t-il quelquefois occuper agréablement tes loisirs!

Livre premier.

L'Hospitalité.

> Ne me refusez pas l'hospitalité pour un seul jour.

LE vieux Milford, riche négociant de Plymouth, avait acquis des biens immenses par le commerce des Indes: son avidité croissant à mesure, il ne vivait que pour les augmenter.

Edouard, son fils unique, atteignait sa dix-huitième année. Soigneusement élevé dans la maison paternelle, retenu dans les bornes d'un comptoir, entouré dès son enfance de commis et de courtiers, il n'avait jamais entendu parler que de calculs, de chiffres ou de métaux; son attention ne s'était fixée que sur des ballots ou des échantillons; son coeur, comme son esprit, étaient fermés à tout ce qui n'était pas intérêt; et les beautés de la nature, les chef-d'œuvres des arts, les élémens des sciences, les orages délicieux des passions.... tout cela n'existait pas pour lui.....

Il savait cependant les quatre règles d'arithmétique, connaissait de la géographie de l'Archipel indien tout ce qui était relatif au commerce de son père, et possédait assez bien la langue orientale des Malais, que l'on parle dans ces contrées. Le vieux Milford voyait avec ravissement son fils répondre à ses espérances; il souriait à sa stupidité: lorsqu'il parlait malais avec lui, ou bien qu'il lui désignait sur la carte la place de ses comptoirs, il croyoit que son éducation était accomplie. Ce n'était ni un homme aimable, ni un honnête homme, ni un citoyen, mais un marchand qu'il avait prétendu former, et il avait lieu de s'applaudir de son ouvrage.

L'ame avide d'Edouard, par une bizarrerie ordinaire à la nature, était revêtue d'un corps de Ganimède. Une taille svelte, une figure régulière, une physionomie prononcée, le mettaient au rang des plus beaux hommes d'Angleterre.

Outre cette qualité si puissante par elle-même, Edouard était le seul héritier d'une fortune considérable. Il fut bientôt l'objet des regards langoureux et des avances séductrices de plusieurs beautés du voisinage. Déjà leurs agaceries commençaient à l'intéresser. Son père, craignant de perdre le fruit de ses soins, résolut de le faire partir sans délai. Il attendit avec impatience sa vingtième année pour lui faire entreprendre son premier voyage de l'Inde. Mais devançant dès-lors le terme projetté, il prépara de suite un riche chargement pour Java. L'idée du départ de son fils unique n'affligea pas un instant le vieux Milford. L'espoir d'améliorer son commerce et d'augmenter ses trésors par la présence d'un correspondant fidèle, était bien autrement fort sur l'ame du marchand que les vulgaires sentimens de la nature!...

En peu de jours tout fut prêt. Le Bellérophon, chargé de productions européannes, était en rade; et le capitaine Rinéald, après avoir reçu tous les ordres qu'on voulut lui donner, n'attendait plus qu'Edouard pour mettre à la voile.

« Ecoutez, mon fils, lui dit alors le vieillard: quoique très jeune encore, vous montrez de si louables dispositions, que je vous fais partir demain pour Java. Un de mes vaisseaux est prêt à vous recevoir. Rinéald, que vous connaissez, le commande. Vous trouverez à Batavia mon correspondant Vindek, Hollandais fort estimable et prodigieusement riche. Vous travaillerez avec lui une année, et vous prendrez ensuite le maniement de mes affaires. J'espère que vous suivrez ponctuellement les instructions que je vous ai données. En échange des denrées d'Europe dont votre vaisseau est chargé, vous m'enverrez des pierreries, des épiceries, des bois odoriférans, des racines et herbes médicinales, du poivre et de l'indigo. Souvenez-vous, mon fils, que l'économie est la source des richesses; vivez sobrement, amassez sans relâche, n'ayez point d'autre occupation. Défiez-vous sur-tout des femmes et des plaisirs qui renversent les fortunes les mieux établies; et dans huit ou dix ans vous reviendrez en Angleterre, où vous serez puissant par les trésors que vous allez acquérir, et par ceux que mon industrie m'a déjà procurés ».

Edouard écoutait en silence: il quittait sa famille et son pays sans regrets. La perspective de l'or et des diamans entassés dans le comptoir de Batavia s'offrait à son imagination sous une forme attrayante. Il prit tous les renseignemens, les comptes et les lettres de son père pour la maison Vindek, et le 20 d'Avril à la pointe du jour, le Bellérophon s'éloigna rapidement des rivages de Plymouth.

Après deux mois d'une navigation heureuse, ils doublèrent, vers la fin du mois de Juin, le cap Comorin. La chaleur avait corrompu l'eau du navire; il fallait la renouveler, et plus de trois cents lieues les séparaient encore de Java. Le vieux Rinéald, qui connaissait parfaitement ces parages, se dirige alors vers l'île de Ceylan, et il ordonne au pilote de relâcher dans la petite rade de Bilao. L'équipage répond à cet ordre par des chants d'alégresse, et, depuis le plus petit mousse jusqu'au plus vieux des marins, tous fixent les yeux avec complaisance sur la terre ferme qui s'approche. — Les malheureux!....

Edouard, arrivé dans la mer des Indes, croyait n'avoir plus rien à redouter des caprices de la fortune. La vue de la pointe de l'Indostan et des îles Maldives avait porté dans son ame la joie de la sécurité. Il se faisait une fête d'aborder quelques heures au rivage, et d'y respirer cet air si pur, si délicieux après un voyage de long cours! L'île de Ceylan, vers laquelle cinglait le navire, se développait lentement devant lui, et semblait d'abord sortir avec modestie du sein de l'Océan, s'élever ensuite avec majesté sur la surface, et bientôt braver orgueilleusement les vagues écumantes..... Les pitons sourcilleux et blanchâtres du pic d'Adam frappaient sur-tout les regards du jeune homme, peu accoutumés à ce sublime spectacle.... Le pic d'Adam, la plus élevée des montagnes des Indes, qui s'élance du milieu de Ceylan jusqu'aux nues, semble d'une part dominer la mer indienne, et de l'autre le golfe du Bengale.

« C'est là, dit le vieux Rinéald, qui riait de sa surprise; c'est sur ce mont que les Indiens prétendent qu'était le paradis terrestre, et on y montre encore avec respect les traces des pieds d'Adam. Voici bien la vingtième fois que je salue en passant le séjour de nos premiers pères. Avant qu'il vous en arrive autant, jeune homme, votre menton aura blanchi. Mais passons cela; et puisque vous avez envie de connaître l'île ou nous allons aborder, prêtez l'oreille à ce que je vais vous dire.

« Ceylan est la meilleure des îles indiennes: elle est encore plus riche que Java et Sumatra, où sont vos comptoirs. Les Portugais sont parvenus avec bien de la peine à s'établir sur la rive méridionale, où ils ont bâti le fort Colombo. Les habitants, appelés Singales, sont gouvernés par plusieurs rois ou itobars, dont le pouvoir n'est balancé que par les brames. Le plus puissant de ces rois est celui de Candy, à qui tous les autres sont soumis dans les momens de troubles. Mais la plus redoutable des tribus est celle des Ténadares ou Bédas, à qui appartenait le pays de Colombo, et qui occupe toute la partie de l'île qui est sous vos yeux, depuis le rivage jusqu'aux sommets des montagnes. Les Bédas, qui se nourrissent avec le fruit du cocotier, s'habillent d'une étoffe grossière faite avec son écorce qu'ils nomment caros, et qui leur ceint le milieu du corps. Ils lancent fort bien la flèche; toute leur industrie consiste à savoir merveilleusement fabriquer des poignards. Leur première passion est la haine des Portugais, sentimens qui prend source dans les longues guerres qu'ils ont essuyées de leur part. Voilà toutes les notions que l'on a sur leur compte: personne n'a la curiosité d'en apprendre davantage, parce que l'étranger qui tombe entre leurs mains n'en revient pas. On sait pourtant que, loin d'être anthropophages, ils sont bons et hospitaliers entre eux; mais leur loi veut que tout Européan soit mis à mort, et ils sacrient, dit-on, leurs prisonniers aux mânes de leurs ancêtres. Aussi, lorsque nous relâchons sur cette côte, nous nous gardons bien d'y rester trop long-tems.

« Quant aux productions de l'île, elles sont précieuses. Les cocos, les oranges, les limons y sont délicieux; le bétail, les oiseaux y abondent. Le pays est couvert de forêts où se recueille la canelle. Les diamans, saphirs, escarboucles, topazes, grenats y sont les plus beaux de l'Orient. On y fait une pêche abondante de perles; les montagnes renferment beaucoup de mines d'or et d'argent. Mais on ne connaît encore que les peuples de Candy, de Taffana, de Patan au-delà du pic. Les implacables Bédas refusent toute liaison commerciale. C'est cependant cette partie de l'île qu'on croit renfermer le plus de trésors; aussi les Portugais n'épargnent rien pour parvenir à les exploiter: jusqu'ici leurs invitations ont été aussi infructueuses que leurs armes ».

Rinéald finissait à peine, que déjà le navire abordait au rivage de Bilao. Près de là coulait une source d'eau vive, où il s'était désaltéré plus d'une fois. Il donne de suite l'ordre de l'approvisionnement, que l'équipage exécute avec ardeur.

Cette plage était déserte: à peu de distance s'élevait une colline couverte d'arbres semblables aux oliviers par leur hauteur et leurs fruits, et dont les feuilles approchaient de celles du laurier. Edouard, croyant reconnaître dans ces olives noires le fruit de la canelle, gravit à grands pas. Il ne s'était point trompé: joyeux de la découverte, il poursuit ses recherches.

L'autre côté de la colline était couvert des mêmes arbres, et l'on voyait au loin des forêts de cocotiers. Puisqu'à ses premiers pas il avait découvert des fruits aussi précieux, pourquoi ne découvrirait-il pas des diamans et des pierres précieuses dans cette île qui en abonde?... Il marche toujours devant lui; mais le vallon ne lui offre que des eaux cristallines, et des prairies émaillées de fleurs champêtres, dont l'air pompe et répand les parfums. Rien de brillant ne frappe ses regards, si ce n'est les pointes chargées de glaces du pic que le soleil dore de ses rayons mourans.... Les cocotiers même, qui lui auraient offert un rafraîchissement désirable, paraissent fuir. La fatigue et la sueur l'arrêtent.

Il marchait depuis une heure, et en regardant derrière lui, l'espace qu'il a parcouru l'étonne. La colline de Bilao lui dérobait la vue de la mer: c'est alors qu'il s'apperçoit seul dans un vallon silencieux, et il retourne à pas précipités vers la colline.

Il arrive haletant au sommet, et jette un regard avide sur la surface de la mer. Le Bellérophon fendait les flots avec la rapidité de la flèche. Un cri de frayeur s'échappe du sein d'Edouard; il se précipite au rivage..... Quel tableau vient s'offrir à sa vue!... Les cadavres de ses compagnons étendus sur la terre, poussant encore les gémissemens derniers!... Les traces de leur sang empreintes dans le sable, se mêlant aux eaux rougies de la source fatale!.... Ses yeux égarés s'élèvent encore sur la mer, et ils apperçoivent à peine le vaisseau fugitif. Il demeure immobile; mais des cris affreux le tirent de son assoupissement. Une troupe de Bédas, qui, frappant les airs de leurs chants de victoire, se retiraient vers les montagnes du midi, l'éclairent sur la fuite précipitée de son navire, et sur les dangers qui le menacent.... O fortune! Ô mon père! s'écrie-t-il; et il fuit désespéré loin du champ du carnage, et loin des terribles insulaires qui viennent de l'ensanglanter.

Il ne veut que s'éloigner, et il suit les bords de la mer. La nuit s'approchait; les vents impétueux de l'est amoncelaient les nuées menaçantes. Edouard ne voyait que des glaives et des sauvages, et les fantômes ailés de la nuit ne frappaient point ses yeux égarés. Cependant la terreur et la fatigue l'avaient épuisé: il s'arrête près d'une roche où les flots se brisaient en écume.

Ses premiers transports se calment, et le laissent en proie à une douleur qui, plus raisonnée, devient plus amère. Ses idées se portent sur la riche cargaison du navire, qu'il regard déjà comme la proie de Rinéald. La perte de tant de richesses lui arrache des larmes. « Le Bellérophon traverse les mers, se dit-il, et il emporte tout mon or et toutes mes espérances: il arrivera sans moi au comptoir de Batavia, où la certitude de ma mort va se répandre; *et à mon arrivée tardive* Rinéald sera retourné en Europe. Sans ressource, délaissé, je végéterai dans la misère à Java; dans la misère!.... au milieu des trésors qui m'appartiennent ».

Bientôt à cette crainte trop douce vient succéder une réflexion plus terrible. Comment *jamais* aborder à Java? comment sortir *jamais* des mains des Ténadares? Cette idée l'accable malgré lui: le mal qu'il vient de redouter lui paraît déjà le plus désirable des biens; il ne fait plus d'autres voeux que de pouvoir arriver chez Vindek: la pauvreté ne l'effraie plus, parce que la terreur et la faim l'environnent.

La nuit d'abord avait tout enveloppé de ses ombres: dans l'épaisse obscurité, à peine si l'on pouvait reconnaître les sinuosités du rivage. Mais insensiblement les ténèbres se dissipent; la lueur chancelante de la lune blanchit les cieux, se réfléchit sans la mer tranquille, et se répand sur les sommités incertaines du pic et sur les forêts de cocotiers qui bordent l'horizon. Les vents se taisent, les nuages disparaissent, et la plus belle des nuits succède à la nuit la plus terrible. Ce changement subit de la nature offrait-il au jeune homme de Plymouth un augure favorable?

L'infortuné n'y fut pas insensible. Avec l'obscurité sa terreur diminue, et le calme universel ranime son courage. Le besoin, qui le pressait depuis long-tems, était devenu impérieux. Résolu de le satisfaire, il s'achemine vers les arbres qu'il s'apperçoit dans le lointain: la crainte des Ténadares ne l'arrête plus, et la faim le rend intrépide.

Il parcourt le vallon où il s'était arrêté le matin. Les arbres qui portent la canelle, et qui lui avaient paru si précieux, ne lui offrant pas de nourriture, lui deviennent insupportables: il arrache et foule aux pieds leurs fruits inutiles.

Le vallon se rétrécissait devant lui; la forêt qui en couvre l'extrémité s'approchait à mesure. Il avait reconnu les tiges arrondies des cocotiers, et il croyait déjà savourer leur fruit nourrissant.... Espoir trompeur!... Les arbres, dépouillés de leurs cocos, ne donnent à Edouard qu'un regret de plus. Il cherche en vain, ses mains ne saisissent que de l'herbe ou des feuilles.... Trop exténué pour prolonger sa course, ne sachant plus où la diriger, il se laisse tomber au pied d'un arbre écarté.

Sa mémoire lui retrace alors l'établissement portugais dont Rinéald lui avait parlé. Il sait qu'il y a quelque part dans l'île un fort nommé Colombo. Mais où est-il situé? comment y parvenir? et sur-tout comment vivre et éviter la rencontre des insulaires? Ces difficultés offraient mille périls à un jeune homme sans courage comme sans expérience: elles lui parurent insurmontables, et l'excès de son accablement lui donna le sommeil.

Le sommeil ne s'arrête pas long-tems près du crime ni de l'infortune. Edouard, après quelques heures d'un assoupissement pénible, se lève en sursaut: il se croyait entouré de Bédas.

Peu d'instans suffisent pour le rassurer. Tout était tranquille autour de lui. Sans doute les arbres de la forêt ne peuvent pas être sans quelques fruits: leur ombre épaisse le dérobe d'ailleurs à tous les yeux. Il peut attendre la nuit secourable pour regagner le rivage, qu'il côtoiera jusqu'au fort Colombo.

Cette lointaine espérance le tranquillise. Il marche, tournant sans cesse autour de lui ses regards avides. Il ne sait où diriger ses pas dans les innombrables avenues. Mais le bruissement léger d'un ruisseau fixe son incertitude; ses bords moins stériles lui offriront peut-être des secours hospitaliers.

La forêt se terminait en cet endroit. Le jeune homme se trouve bientôt à découvert au milieu d'une vaste prairie qui longeait les bords du ruisseau. Le crépuscule naissant donnait à tous les objets des formes chancelantes et bizarres. Il croit apercevoir sur la rive opposée une foule de Bédas étendus sur la terre: quoiqu'ils lui paraissent endormis, leur attitude menaçante le glace de frayeur, et il se reproche son imprudence.

Des touffes d'arbres étaient dissiminées çà et là dans la prairie, où la nature prévoyante les avait jettées sans ordre avec ce goût que l'art s'efforce en vain d'atteindre. Edouard tremblant court vers la touffe la plus voisine, bien résolu de ne plus quitter pendant le jour l'ombre amicale qui peut seule le dérober aux dangers qui le suivent. Il arrive, écarte des deux mains les arbustes importuns qui s'opposent à son impatience, et s'abrite sous l'épaisseur d'arbres antiques qui lui sont inconnus, mais qui lui deviennent bien chers.

À peine il respirait sous cette épaisseur protectrice, qu'il apperçoit devant lui, sous un palmier, un être vivant..... Sans doute c'est une bête féroce ou un Ténadare. Cependant il ne fuit pas; pour la première fois de sa vie il se sent du courage: il approche du palmier, il ose même fixer l'objet qui l'a frappé. Un second regard l'étonne, un troisième le rassure.... C'était une femme endormie.

Une femme!.... À cette vue, le fils de Milford sent naître dans son cœur ce trouble si difficile à définir, si délicieux à éprouver..... Il avance doucement pour ne pas troubler son repos. Les premières clartés du jour avaient pénétré les cimes touffues, et laissaient en proie aux regards du jeune homme presque tous les attraits de Stellina..... Couchée sur une peau d'éléphant, sa tête repose sur un carquois; ses cheveux, aussi noirs et plus polis que l'ébène, sont noués en tresses irrégulières; un vêtement de toile des Indes, fixé sur son épaule gauche par un nœud de perles, dessine la forme d'un demi-globe, s'échappe sous la pente de l'autre qu'il n'ose pas couvrir, et se réunissant en écharpe au milieu du corps, descend jusqu'aux genoux en replis ondoyans. Le sourire du bonheur décèle, à travers les ombres du sommeil, l'innocence de la jeune fille, et respire dans tous ses traits. Cette figure enchanteresse,.... ce sein découvert,.... cette taille élancée couverte ici d'un voile transparent, et là dans tout l'éclat de la nudité,..... tout remplit à la fois les yeux et l'ame du jeune homme...... Il se prosterne, et un cri d'admiration lui échappe.

Ce cri réveille la belle Indienne. Elle voit le Portugais; et, plus prompte que l'éclair, se lève, saisit son arc, s'éloigne, ajuste la flèche, et présente la mort à l'audacieux..... Lui se prosterne encore, et lève sur la beauté des yeux supplians. « Oh! frappez, frappez; qui que vous soyez, j'accepterai la mort de vos mains sans me plaindre ».

Et il fixe sans crainte la flèche meurtrière. Il sentait que Stellina ne pouvoit pas être son assassin.

L'expression pénible de ses traits, sa situation, et les paroles qu'il vient de prononcer avec l'accent de la douleur, frappent l'Indienne: l'éclair de la sensibilité part de ses yeux..... Elle arrête sur son arc la mort de l'étranger.

« Pourquoi dans ces lieux Portugais? Puisque tu parle la langue de ma tribu, tu viens sans doute de Colombo. Tu es sans armes, et tu parais malheureux. Je t'épargne, quoi que je n'ignore pas que parmi vous on se fait un jeu de trahir et de tromper. Qui que tu sois d'ailleurs, ne sais-tu pas qu'ici la mort est réservée à l'Européan captif, et que les supplices les plus cruels sont le châtiment de celui qui a osé porter ses regards sur la fille de l'itobar ou du brame?.... Fuis. Si tu étais surpris par les chasseurs qui près d'ici reposent, ton sort serait plus terrible que celui des bêtes féroces tombées hier sous nos flèches acérées ».

A ces mots, elle s'éloignait. Edouard osa la retenir. « O vous, qui régnez sans doute sur les Ténadares, ne m'abandonnez pas. Les rois, comme les dieux, doivent protéger la faiblesse. Il n'est plus pour moi de sûreté que dans vos secours. *Je ne suis point Portugais.* Parti de pays lointains pour aborder à Java, j'ai relâché hier sur vos rivages. La curiosité m'a conduit dans vos forêts. A mon retour, j'ai vu mes compagnons égorgés, et mon navire fuyant sur la vaste mer. Depuis deux jours, la faim me presse, et je cherche en vain de quoi la satisfaire. *Ne me refusez pas l'hospitalité pour un seul jour.* Défendez-moi de vos terribles insulaires. Demain, je chercherai sur la côte le fort Colombo. L'Amour, que par-tout l'on adore, vous récompensera d'avoir défendu l'homme d'outre-mer qui n'offensa jamais ni vos ancêtres ni vous. — Si vous êtes insensible à ma prière, oh! alors je vous conjure de finir mes tourmens. Je ne quitte plus ces lieux. Frappez; c'est de vous que je veux recevoir le trépas ».

Il dit. La larme du désespoir roule sur sa joue décolorée, et il tend les bras à l'Indienne attendrie, qui le considère en silence. Chaque regard accroît la pitié que l'étranger souffrant lui inspire; mais en vain pense-t-elle aux moyens de le sauver. Quelques arbres seulement la séparent de ses femmes. Si une d'elles se réveille, c'en est fait de sa propre gloire et des jours de l'infortuné. La loi condamne aux flammes dévorantes quiconque a donné le plus léger secours à l'homme d'outre-mer. Elle croit entendre son vieux père, le respectable brame, les chefs de la tribu, la tribu toute entière lui ordonner d'être inflexible et de fuir.... La nature, plus forte que les préjugés, l'arrête. Elle ne peut point se résoudre au barbare sacrifice que l'on nomme devoir; ses yeux, mouillés des pleurs de la pitié, se fixent encore sur le jeune homme défaillant.... Une puissance irrésistible l'entraîne auprès de lui. Elle le relève, le rassure, sort doucement de l'enceinte des palmiers, et lui fait signe de se taire et de la suivre.

Edouard croit renaître. Il retrouve ses forces pour voler sur les pas de la généreuse Stelline, qui fixait de tems en tems ses regards inquiets sur les bords de la Sanga, où reposaient les bédas chargés de veiller à sa sûreté. Elle les apperçoit couchés sur l'herbe: les fatigues d'une course de plusieurs jours les avaient accablés, tous dormaient profondément.

Après une marche courte, mais précipitée, elle se trouve dans l'épaisseur de la forêt, et montre au jeune homme une grotte couverte de mousse que les arbres touffus laissaient à peine entrevoir. Ils approchent. Le murmure léger d'une source d'eau vive interrompait seul le silence qui l'environnait, et les rayons du soleil naissant s'efforçaient en vain de pénétrer l'enceinte mystérieuse.

« Etranger, dit Stellina, voici la grotte de l'hospitalité; jamais mortel n'ose pénétrer dans ces lieux. C'est ici que viennent se baigner les femmes de l'itobar; et l'épouse et les filles du triste Ditulan ont péri atteintes par le feu destructeur des Portugais, et seule je lui tiens lien de toute sa famille, moi.... qui viole aujourd'hui ses lois les plus sacrées en osant ici te donner un asile. Mais le grand Brama me voit et m'entend. Tu étais seul, désarmé, mourant de faim; .... j'ai voulu te sauver. Puissé-je un jour ne pas pleurer sur le sentiment que m'ont inspiré tes douleurs!

« Je te donne jusqu'à demain pour réparer tes forces. Les cocos nourrissans, les albêtres aux fruits rouges ciselés, les sagoux farineux t'environnent, et l'eau désaltérante est près de toi. — Demain, à l'entrée de la nuit, tu t'achemineras vers le rivage: en le suivant sur ta droite, avant trois jours tu seras chez les Portugais. — Adieu, bon étranger, je désobéis à mes Dieux pour te sauver la vie.... Au-delà des mers, souviens-toi quelquefois de la fille de Ceylan ».

Elle s'éloigne. Le bruit des cors guerriers lui avait annoncé l'inquiétude de ses amis. Elle traverse la forêt d'un pas rapide, et rejoint ses femmes alarmées.

Quoique ce jour ne fût pas le dernier de ceux qu'elle destinait à la chasse, son ame attendrie, troublée avait besoin de repos. Elle donne de suite le signal du retour. Elle espère recueillir des renseignemens sur l'incursion de Bilao; peut-être elle apprendra quelque chose sur l'étranger dont l'image ne la quitte pas.... Elle sait que plus d'un Européen a péri sur le rivage, et que d'autres sont tombés vivans dans les mains de la tribu. Ceux-ci vont expirer dans les flammes, suivant la terrible coutume des Ténadares. Cette idée lugubre excite en elle le frémissement de la pitié: son ame, qui vient de secouer le joug de la barbarie, est pleine encore de la douceur que donne la bienfaisance; une foule de sentimens nouveaux l'agite; elle s'étonne d'avoir vu de sang froid jusqu'alors le supplice des étrangers, et ne pense qu'avec horreur à celui qui s'apprête. Humanité sainte! tu deviens aujourd'hui la divinité de Stellina; et vous prêtres de l'Indostan, vous ne régnez plus seuls sur la fille de l'itobar.

Plongée dans sa rêverie, elle marchait en silence vers la colline de Ténor. Ses femmes étonnées l'observaient, et se regardaient entre elles; vainement elles épiaient le sourire accoutumé. Stellina ne pensait qu'à délivrer des flammes les compagnons d'Edouard. « Oui, se disait-elle, je les sauverai. L'Amour, que partout l'on adore, me récompensera d'avoir défendu l'homme d'outre-mer qui n'offensa jamais ni mes ancêtres, ni moi. Il disait bien, ce beau jeune homme: certes, ni lui, ni ses compagnons ne sont point Portugais; et notre cruauté doit finir avec notre ignorance ».

Telle était sa pensée: elle s'approchait de Ténor, et les masses énormes de pierres élevées sur le penchant de la colline lui annonçaient la demeure des itobars.

Livre second.

Le Sacrifice.

« Amis, ce ne sont point des Portugais ».

LA ville de Ténor renfermait la plus grande partie de la tribu. Elle était composée d'un amas de cabanes, au milieu desquelles s'élevaient deux édifices formés par des pierres entassées à une hauteur prodigieuse: le plus vaste servait de temple aux dieux et de palais aux prêtres, et le peuple s'y rassemblait dans les jours de solemnité; l'autre était la demeure des itobars.

Les insulaires qui n'habitaient point la ville occupaient quelques hameaux épars sur les côteaux d'alentour. Tous possédaient plus d'arbres qu'il n'en fallait à leurs besoins, et ce que les Portugais appelaient trésors leur paraissait inutile: aussi ne s'en servait-on parmi eux que pour orner les rois et les idoles.

Ils étaient soumis depuis des siècles à la même famille. Le vieux Ditulan, qui régnait encore, avait pendant vingt années combattu sans relâche: il ne respirait en paix que depuis peu de tems. Sa femme et tous ses proches avaient péri sous les coups meurtriers, et Stelline était l'unique soutien de sa vieillesse; Stellina!.... la plus belle des filles de Ceylan, l'espoir de la tribu, l'amour des plus fameux Ténadares.

Lorsque la guerre menaçante appelait les Singales sur les rivages portugais, la ville restait déserte, et les dieux et leurs ministres, abandonnés à eux-mêmes, étaient presque oubliés. Mais avec la paix, l'oisiveté ramenant les pratiques religieuses, les brames reprenaient toute leur force, et quelquefois ils portaient l'audace jusqu'à s'opposer aux lois du prince.

Ils vivaient ensemble dans l'enceinte du temple: au lieu du vêtement de caros, ils portaient des tuniques de lin travaillées à Candy, pour lesquelles ils donnaient en échange des perles et de la canelle. Leur chef avait sur eux un absolu pouvoir: ils avaient seuls le droit de le choisir. Déli, dans la force de l'âge, était alors revêtu de cette dignité suprême. Il n'avait rien oublié de ce qui pouvait lui rendre une considération que de longs troubles avaient affaiblie. Pour y parvenir, il avait eu soin d'étudier les passions des bédas, qu'il savait flatter avec adresse; bien persuadé que s'il devenait cher à la multitude, il redeviendrait puissant.

Depuis des siècles, l'usage et la loi voulaient que les prisonniers trouvassent la mort sur le champ de bataille, où leur sang se mêlait à celui qu'on venait de répandre les armes à la main. Au commencement de sa puissance, Déli s'apperçut qu'une guerre cruelle ayant exaspéré tous les cœurs, la haine avait redoublé d'activité. Habile à profiter de tout, il trouva la mort des Portugais trop prompte; et jaloux du droit d'immoler, il fit parler ses dieux, et obtint que désormais tous les captifs lui seraient envoyés, pour être ensuite sacrifiés au milieu de la tribu réunie, en présence des initiés, qui dans ces beaux jours se montraient rayonnans de gloire, et brillans de tout leur éclat.

Depuis cette époque, plus de cent Portugais avaient péri dans les flammes, après avoir long-tems souffert dans le temple. Le peuple se plaisait à voir ces supplices solemnels souvent renouvellés. Quelques guerriers généreux voyaient bien avec peine les lâches qui fuyaient les combats assassiner à leur gré les ennemis vaincus, et préférant aux lois nouvelles l'antique usage, ils donnaient une prompte mort aux Européans sur le champ de bataille; mais leur indignation n'osait pas éclater dans l'enceinte de Ténor, où ils gardaient un silence craintif devant les prêtres, devenus chers à la foule avide de cruauté.

Le vieux Ditulan ne respirait que vengeance, les gémissemens des prisonniers ne touchaient pont son ame brisée par ses propres douleurs: il abandonnait le soin de gouverner à l'ambitieux Déli, qui profitait de sa faiblesse.

Stellina, jeune et timide, démêlait à peine ses sentimens secrets. L'époux qu'elle devait choisir étant le successeur de son père, des amans nombreux adoraient en elle la puissance et la beauté. Les brames prévoyans l'entouraient de leurs séduisantes caresses. Elle donnait peu de tems aux amans et aux brames; mais elle parlait à toutes les jeunes filles de Ténor, les visitait souvent dans leurs chétives cabanes, écoutait volontiers les longs récits des vieux bédas et les conseils de leurs femmes; et chacun de ces bons habitans avait pour elle une affection de père. Quelquefois elle essayait ses forces et son adresse en poursuivant les bêtes féroces; et tous se disputaient le plaisir de la suivre et de veiller à sa défense.

Ainsi les brames et Stellina remplissaient les loisirs d'une paix trop longue.

Telle était la situation de la tribu au moment où le Bellérophon vint relâcher sur ses rivages. La rade de Bilao se découvrait du village de Fétan, placé sur les bords de la Sanga; Fétan, où se forgent les poignards aigus, les traits homicides et les massues ferrées. L'île entière n'avait point d'hommes plus courageux ni plus féroces. Riamir était leur chef; et parmi les guerriers qui prétendaient à la main de Stellina, aucun ne pouvait se vanter d'avoir immolés plus de Portugais. —A peine le navire fut-il apperçu que plus de cent d'entre eux descendirent vers les bords de la mer. Les marins épouvantés se jettèrent dans les flots. Plusieurs, atteints par les flèches meurtrières, furent renversés sur le sable; et trois passagers ne sachant où fuir, restèrent à la merci des Ténadares. Ils crurent toucher à la fin de leur vie, lorsqu'ils se virent dans les mains de ces sauvages demi-nus qui poussaient des hurlemens de joie. Mais les prisonniers appartenaient aux brames; et Riamir, suivi de quelques-uns des siens, se chargea lui-même de les conduire.

Ils se trouvèrent près de la ville au commencement de la nuit. Chaque famille était déjà retirée dans sa demeure. Soudain les cors font retentir les airs de sons redoublés; leurs accens belliqueux présages d'un grand événement, portent dans tous les cœurs le trouble de l'incertitude: le sapin huileux, allumé de toutes parts, éclair la colline; la multitude couvre la place publique située entre les palais de l'itobar et de Brama.

Le vieux Ditulan s'alarme: il regrette de n'avoir pas auprès de lui sa fille chérie. Ses amis l'environnent. Tous les yeux se tournent du côté du midi, par où les bédas de Fétan gravissaient à Ténor. Riamir, au front superbe, arrive aux pieds de l'itobar, et lui annonce l'incursion de Bilao et les trois prisonniers qu'il amène. Ce bruit se propage, mille cris de joie se répètent, la foule se précipite sur les pas des étrangers,.... et le temple s'ouvre aux victimes....

Ditulan ordonne que l'on prépare à Riamir un lit près du sien. Des peaux d'éléphans et de tigres, alternativement posées sur des rouleaux de caros, sont étendues sur le pavé pierreux, et des fruits son offerts au convive. Lui s'assure d'abord si tous les siens sont recueillis sous le toit hospitalier, et il s'assied auprès du vieillard.

Le vieillard voyait avec prédilection le chef de Fétan: son audace, le nombre de ses amis, sur-tout sa haine implacable contre les usurpateurs d'Europe, le mettaient à ses yeux bien au-dessus de tous ses rivaux. Ils s'entretinrent quelques instans de l'absence de Stellina, et se livrèrent au sommeil.

Depuis la fin de la guerre, les brames n'avaient point eu de prisonniers. Altérés de sang, ils craignaient que la rareté de leurs cérémonies n'affaiblît les impressions qu'ils avaient su donner à la tribu, et ne finît par les rendre méprisables. A la vue des trois Anglais, ils sourirent; et le fougueux Déli, impatient de se donner en spectacle, ordonna que dans la nuit même on préparât le bûcher.

— A sa voix, des initiés armés de haches se répandent dans la forêt sacrée, où ils abattent les arbres nécessaires à la solemnité: d'autres préparent le temple, et ornent la statue de Brama de pierres étincelantes; ceux-ci dépouillent les palmiers de leurs feuilles allongées, et tressent les guirlandes mortuaires; ceux-là disposent, au milieu de la place publique, des bois abattus, et apprêtent des torches funèbres;.... et en se livrant à ces soins, ils pensent avec délices au jour qui va luire, et se félicitent mutuellement de leur religieuse activité!....

Au lever du soleil, des brames parcourent la colline; ils appellent les bédas par les sons aigus du zenda. Cet instrument sacré ne sortait du temple que dans les jours de la vengeance; ses cris déchirans, que l'on n'avait pas entendu depuis une année, répandent par-tout la terreur. La foule accourt, et se presse autour de la place publique comme les flots de l'Océan soulevés par le vent du nord.

L'itobar est assis devant le bûcher; la pourpre éclate sur sa longue robe, sa tête est couverte de mille plumes entrelacées de perles et de saphirs; la mort respire dans tous ses traits et les ombres de sa femme et de ses fils s'agitent à ses côtés..... Derrière lui, Riamir et les chefs des guerriers debout s'appuient sur leurs pesantes massues. Le temple entr'ouvert laisse voir dans l'éloignement l'idole, et vis-à-vis, sur un siége circulaire, est le grand-brame; une longue ceinture de pierres précieuses l'enveloppe à plusieurs reprises, son front est ceint du bandeau sacré, ses yeux immobiles sont fixés vers le ciel. Les initiés qui l'environnent semblent, dans leur impatience, accuser la lenteur du sacrifice. — La multitude les regarde en silence,.... écoute,.... et saisie de crainte elle adore les dieux.

Déli se lève et d'un ton inspiré:

« Peuple de Ténor, tes ancêtres habitaient le pays de Colombo: là ils vivaient heureux et tranquilles, lorsque des hommes féroces venus d'au-delà des mers descendirent sur leurs rivages.

« Le père du puissant itobar leur donna l'hospitalité, et ils lui donnèrent la mort....

« Possesseurs du feu meurtrier, ils se rendirent maîtres de Colombo, détruisirent les temples, brûlèrent les statues des dieux, et firent expirer dans des tourmens qui te sont inconnus le sage Bisnagar, le ministre et le confident de Brama.

« Ils te poursuivirent depuis dans tes montagnes, qu'ils ont mille fois baignées de ton sang.....

« Vengeance, peuple de Ténor, vengeance! Le siècle de l'épreuve va finir, et le ciel n'est plus courroucé contre toi.

« Hier les flots ont jetté des Portugais sur tes côtes, et leurs corps étendus sur le sable de Bilao sont la proie des oiseaux de la nuit.

« Trois ont échappé à la flèche, parce que Brama les destinait au bûcher…...

« Ténadares, réjouissez-vous, et adorez Brama. Bientôt de retour à Colombo, vous pourrez couvrir de fleurs les tombes de vos ancêtres!

« Et vous, enfans du temple, amenez les victimes, couronnez leur front de guirlandes, et accomplissez le sacrifice ».

Déli se tait, et les échos plaintifs répètent sa dernière parole. On eût dit que les ombres, éparses dans les vallées silencieuses, répondaient au prêtre par un gémissement prolongé....

Les enfans du temple amènent les victimes, et couronnent leur front de guirlandes. Elles poussent en vain des cris de douleur; les sons du zenda les étouffent.

Alors les deux initiés qui gardent le feu sacré sortent du temple la torche à la main: ils se prosternent, et la remettent au grand-brame. Lui, inflexible comme la mort, s'avance. Déjà les trois Européans sont traînés auprès du bûcher qui va les recevoir, lorsqu'un bruit confus s'élève vers le midi. Tous les yeux se tournent de ce côté.... Le bruit augmente, comme le souffle du vent qui pénètre dans la forêt.... Les brames étonnés entourent les captifs.... Le zenda se tait. La foule se partage,.... et Stellina paraît, s'élance, écarte les initiés, saisit les captifs, et s'écrie:

« Amis, ce ne sont point des Portugais ».

Le tumulte qui s'élève couvre sa voix. Les prêtres frémissent. L'itobar et les guerriers se précipitent auprès d'elle..... Le peuple incertain la considère avec joie, et toutes les langues répètent: « Ce ne sont point des Portugais ».

Le vieux Ditulan ordonne le silence, et il parle à sa fille d'un ton sévère. — Elle croit voir dans chacun des trois Anglais l'image du jeune homme de la grotte.... Son audace se ranime; elle embrasse les genoux de son père:

« C'est pour appaiser, lui dit elle, les mânes de nos aïeux que la loi condamne tout ennemi prisonnier; mais elle ne veut pas la mort de l'homme d'outre-mer que l'Océan jette sur nos rivages, et qui ne nous offensa jamais. — Haine, haine éternelle aux tigres de Colombo, qui depuis un siècle entretiennent parmi nous le deuil et la douleur. Bédas, reprenez vos armes; volez au rivage, et envoyez aux brames de nombreuses victimes.

« Mais où est la gloire à se rendre maître du faible déjà vaincu par la tempête? Le lâche seul donne la mort à l'homme qui n'a point combattu; et il n'est point de lâches parmi les Ténadares....

« Amis, continue-t-elle en se tournant vers le peuple qui l'écoute, Brama est tout-puissant, et ses ministres sont justes. Ces trois infortunés ne sont point Portugais; ils n'ont jamais été nos ennemis ni ceux de nos pères: donnons-leur la vie et l'hospitalité; et demain qu'on les conduise au fort de Colombo, où ils diront aux usurpateurs que nous ne sommes pas comme eux impitoyables ».

Stellina, en finissant, se jette aux pieds de Déli pour lui demander la grâce des captifs. — Lui, furieux comme le vautour à qui sa proie va échapper, répond d'une voix tonnante:

« Audacieuse, qui t'assure que les captifs ne sont point des Portugais? Et qui t'inspire le dessein de les arracher à Brama qui les attend? Ne sais-tu pas qu'ils viennent d'au-delà des mers, parce que les dieux ont fixé la fin de leur vie sur la place de Ténor? Hier, la tempête n'agitait pas l'Océan,.... l'Océan était tranquille...... Mais Brama voulait des victimes, et rien ne peut résister à sa volonté.

« Audacieuse, sans les vertus de ton père, j'appellerais la foudre sur ta tête. Eloigne-toi, et ne parais dans le temple qu'après avoir expié le crime que tu viens de commettre ».

Il dit, repousse du pied la fille de l'itobar, et lui arrache les prisonniers. Elle, abandonnée, perd l'usage de ses sens. Son père la soutient, et la baigne de ses pleurs. Riamir, à la vue de celle qu'il adore, frémit de colère contre le prêtre insolent, et rassemble autour de lui ses amis.... Le peuple tremble. Mais la vue de Stellina défaillante excite un murmure d'indignation qui fait pâlir les initiés.... L'intrépide Déli voit le péril, et le brave. S'il succombe, c'en est fait de sa puissance. Il ranime d'un regard le courage des braves, qui déjà soulèvent les victimes....

Alors, terrible comme la tempête, Riamir s'élance au milieu de la place, suivi des cyclopes de Fétan. Il arrête les victimes soulevées, brise leurs liens, les pousse aux pieds de l'itobar, et l'oeil plein de rage:

« Fût-ce le grand Brama, dit-il,..... ces trois hommes m'appartiennent, et je les donne à Stellina ».

Et il agite dans les airs son énorme massue; et les prêtres, tremblant devant lui comme devant le génie de la mort, fuient, et se précipitent dans le temple, qu'ils ferment à la multitude; et la multitude, frappée d'étonnement, se presse autour de Stellina qui lui sourit, serre dans ses bras les captifs moribonds, et rentre avec eux dans le palais, suivie des chefs des guerriers.

Cette scène avait affligé le respectable Ditulan. Il ordonna à tous les vieillards de la tribu de se réunir, afin d'appaiser les troubles qui viennent d'éclater.

Le peuple, inquiet, partagé attendait sur la place publique. — La réunion fut nombreuse. Stellina arracha des larmes aux coeurs les plus durs. Riamir, fier d'avoir seul défendu son amante contre tous, fit retentir le palais des accens de l'imprécation, et il donna trois fois aux prisonniers le baiser de l'hospitalité. Termor, Mélut, Onémo, Cosmoë, las du joug des brames le justifièrent. Les vieillards, en approuvant la liberté des Anglais, voulurent que les dieux fussent appaisés. Ditulan se rangea de leur avis, et il adressa ces mots à Riamir:

« Après avoir donné ces trois captifs à Brama, tu les lui as enlevés, et tu l'as menacé lui-même!....

« L'outrage fait à ma Stellina a excité dans ton cœur une juste indignation, et tes transports n'ont plus connu de bornes.

« Que les captifs soient libres, mais que Brama soit vengé.

« Avant la fin du jour, rends-toi dans le temple, et promets au grand-prêtre le sang des trois Portugais qui tomberont les premiers dans tes mains.

« Et après avoir fait ta promesse expiatoire, guide toi-même les étrangers jusqu'au rivage de Colombo. S'ils demeuraient plus long-tems parmi nous, leur présence serait un outrage continuel aux dieux que nous servons ».

Un murmure d'approbation interrompt l'itobar. Le superbe Riamir se soumet à l'ordre du *père du Stellina.* Il sort du palais suivi de ses guerriers, et annonce au peuple qu'il va offrir à Brama une promesse expiatoire. Le peuple, en lui répondant par des cris de joie, le suit au temple.

Le grand-brame hésite; mais il connaît l'humeur altière du chef de Fétan: il sait que seul avec ses amis il peut tenir tête à la tribu toute entière. Cette considération le décide, et l'hypocrite compose ses traits, où éclate une céleste douceur, s'assied aux pieds de la statue étincelante, et fait ouvrir les portes sacrées.

Les initiés, rangés sur deux files, ouvrent un passage à Riamir, dont le regard menaçant les épouvante encore.

« Ministre de Brama, dit-il, si j'ai arraché trois victimes au dieu que tu sers, je promets de te livrer sous peu de jours six Portugais, que j'amènerai moi-même jusqu'au pied du bûcher ».

Déli lui annonce la faveur des dieux et l'oubli de ses transports, et le peuple croit que la discorde a disparu; comme si les prêtres savaient pardonner!

Riamir sort du temple avec la foule qui se sépare. Il prend congé de l'itobar et de sa fille, et retourne à Fétan, suivi de ses guerriers, et des trois Anglais qu'il ramène en triomphe.

Livre troisième.

L'Oracle.

Avant trois jours, choisis ton époux, et je te rends à Brama.

LA situation pénible où la jeune Indienne s'était trouvée pendant le sacrifice, avait épuisé ses forces: la nuit qui survint la trouva dans les bras du sommeil. Les trois captifs qu'elle avait délivrés et le jeune homme de la grotte vinrent tour-à-tour s'offrir à sa mémoire. Mais dans peu les captifs s'effacèrent, et le jeune homme resta seul maître de ses sens.... L'Amour, qui se cache souvent sous les traits de la pitié, dès qu'il se sent assez de force, jette au loin le masque qui le défigurait, et son regard malin et son sourire amer annoncent son audace et sa victoire. — L'enfant céleste avait pénétré dans l'enceinte des palmiers avec Milford; il avait dicté à Riamir ses imprécations sacrilèges; et tout joyeux encore de la défaite de Brama et de la peur qu'il venait de faire à ses ministres, il s'était couché près de la fille de l'itobar.

Il dépose son carquois près du sien, la serre dans ses bras caressans, et ses lèvres enfantines impriment un baiser sur ses lèvres demi-closes de la belle endormie: puis, à demi-penché sur elle, il épie l'effet de ses étreintes..... Soudain le feu qu'il vient d'allumer circule: les joues, le sein, le front de Stelline sa colorent d'un vif incarnat; .... un léger frémissement agite tout son corps,.... un soupir convulsif lui échappe.

« Elle est à moi, dit l'Amour en souriant de plaisir, elle est à moi: bientôt j'achèverai ma conquête ». Et il enivre de nouveau la jeune fille de mille sensations voluptueuses et prolongées.....

Le lendemain, le souvenir de son rêve l'occupe; sa tête et son cœur sont remplis de l'image d'Edouard. Craignant qu'il ne soit parti pour Colombo, elle se reproche de lui avoir donné cet ordre rigoureux. Puisqu'il ignore la route, sa marche ne peut être que lente. Les guerriers de Fétan, qui doivent conduire les captifs, peuvent le rencontrer.... La seule idée de cette rencontre fatale lui inspire une terreur insurmontable et Riamir, qu'elle avait vu jusqu'alors avec indifférence, lui devient le plus odieux des mortels.

« Si Brama réprouvait ma sensibilité, aurais-je pu défendre les captifs contre ses ministres?.... La vue de l'étranger m'aurait-elle inspiré des sentimens si doux? la nuit m'eût-elle offert d'aussi riantes images? Oh! non, j'irai; je le retiendrai dans la forêt jusqu'après le retour de Riamir; je lui apprendrai la délivrance de ses amis. — Il sourira, sans doute, et il me devra sa gaîté.... Si je le laissais partir aujourd'hui, mon hospitalité deviendrait meurtrière ».

La veille, à peine elle avait osé fixer Edouard; mais un moment suffit pour développer les événemens prescrits par la destinée. La plus belle des filles de l'Indostan devait être la victime d'un marchand de Plymouth. — L'Amour, aveugle comme la Destinée, dispense au hasard le plaisir et l'amertume.... Tour-à-tour bienfaisant et assassin, il renverse le matin le bûcher de Ténor, et le soir il prépare celui de Stellina. Quelquefois il se plaît à épuiser sur nous la coupe du bonheur,... et quelquefois la mort et la destruction deviennent ses hochets: le mouvement de ses ailes ébranle la terre, et les peuples aussi bien que les hommes sont le jouet de ses caprices.

Edouard, en sûreté dans la forêt, peut enfin satisfaire la faim qui le presse; les sucs nourriciers lui rendent toute son existence. L'image de sa libératrice n'est pas sortie de sa mémoire; mais ses regrets l'occupent plus vivement. La boisson délicieuse renfermée dans les fruits qu'il vient de dévorer, n'a point appaisé la soif de l'or qui le consume..... Il pense à l'avenir, et s'afflige. Cependant les attraits de Stellina s'offraient à sa pensée; ils interrompaient souvent ses calculs, et suspendaient sa tristesse. Un espoir inattendu naît dans son cœur, et son imagination docile s'y livre avec transport.

« Pourquoi partir? La fille d'un prince indien m'a sauvé du trépas: malgré ses dieux, elle m'a donné l'hospitalité. Peut-être je la reverrai. Si je devenais son ami, que de trésors je pourrais acquérir! L'or et les diamans qu'ici l'on méprise me seraient par elle prodigués. Lorsque tous mes vœux seraient remplis, je me rendrais à Colombo. Mes richesses seraient bientôt réalisées..... Sans regretter mon comptoir de Batavia, je retournerais à Plymouth..... Peut-être la beauté va me ramener à la fortune par le chemin des plaisirs ».

Cette pensée électrique l'agite; et se retraçant la belle Indienne endormie sous le palmier, il se rend compte de tous ses charmes.....

Le repos avait ranimé ses forces, les fleurs de la jeunesse avaient reparu sur ses joues, naguère flétries par la souffrance: la volupté brillait dans ses regards.....

Il observe, avec un sentiment nouveau pour lui, tout ce qui'environne; il trouve le gazon riant; il admire les fruits rouges de l'albètre entrelacés avec les petites fleurs du myrte, et les hautes tiges des sagoux qui s'élèvent derrière ces arbustes comme une seconde enceinte, et qui semblent elles-mêmes s'abaisser devant les tiges plus hautes des cocotiers superbes; avec délices il promène sa vue sur cet amphithéâtre de verdure.... Tout-à-coup il croit entendre le froissement de l'herbe foulée par des pas rapides: il se lève, s'avance jusqu'à l'entrée de la forêt, prête l'oreille, et retient son haleine sans pouvoir retenir les battemens redoublés de son cœur.

Les arbres croisés lui offrent et lui dérobent successivement un objet incertain, comme pour se jouer de son impatience. Déjà il oublie ce qu'il doit à leur ombre protectrice. Cependant le sentier couvert ne cache un moment Stellina que pour la rendre de plus près à son regard avide.... Il précipite ses pas, et ne s'exprime que par son silence. Elle sourit. Mais bientôt les traits du jeune homme lui rappellent toutes les douceurs de son rêve...... Son front se colore,..... ses yeux timides ne savent plus où se fixer,..... et la grotte lui sert de refuge.

Là, elle parle à Edouard d'une voix faible qui décèle le trouble de ses sens: elle lui annonce que de nouveaux périls le menacent, et qu'il ne peut point quitter la forêt jusqu'au retour des Bédas qui mènent à Colombo ses trois compagnons.

« Bon étranger, que ce retard ne t'afflige pas; je prendrai soin de tes jours, je veillerai à ta sûreté; quand il sera tems, je te guiderai moi-même jusqu'au mont Argias, d'où se découvre le premier fort des Portugais. En attendant le jour de la délivrance, que mon amitié tienne éloignées de toi la crainte et la douleur. Puisque j'éprouve tant de plaisir à te consoler, tes chagrins ne sont-ils pas adoucis par l'intérêt qu'ils m'inspirent »?

Milford l'entend, et les douces inflexions de sa voix pénètrent son cœur. Il ne pense plus aux richesses de Ténor; les projets qu'il a formés s'évanouissent, son avidité sommeille, et les charmes de la jeune fille sont aujourd'hui les seuls trésors qu'il convoite.... Souvent le désir emprunte le langage de l'Amour; et, semblable à l'éclair dans la nuit profonde, le sentiment quelquefois embrase l'ame la plus vile.

« Oui, ta présence, en adoucissant mes chagrins, me fait oublier tout ce qui est au-delà des mers; mais ton absence me laisse aux regrets et la solitude. Les songes, il est vrai, près de moi te ramènent; mais leurs douces illusions ne durent pas toujours, et je ne sens que plus vivement l'amertume du réveil! O la plus belle des filles de l'Indostan, ta pitié, ton retour, et ta rougeur et ta voix tremblante, tout m'annonce qu'ici comme en Europe l'Amour a des autels.... Mon existence est un mystère.... Ne me quitte plus, ou du moins viens ici tous les jours. Nous partagerons le même fruit, nous nous aimerons; et si nous ne pouvons pas vivre ensemble parmi les Ténadares, je resterai toute ma vie dans la grotte de l'hospitalité. Sans tes secours généreux, je ne serais plus. Eh bien! je ne veux plus être que pour toi. J'oublie tout, et je rends grâces au Bellérophon qui m'a laissé sur la rive, et à la faim dévorante qui m'a conduit au palmier ».

L'Indienne assise écoute la tête baissée: chaque parole accroît la flamme allumée dans son cœur. — Ainsi la fleur naissante se penche d'abord au souffle du zéphyr; mais le souffle amoureux pénètre dans le sein de la rose, et les feuilles développées livrent le sein de la rose aux baisers du zéphyr.

Le jeune Milford l'observe: son silence, la légère obscurité qui précède la nuit l'encouragent: il couvre de baisers sa main tremblante, qu'il porte sur son cœur.... On ne lui résiste que par des soupirs.... Ses lèvres altérées se posent sur son sein.... Alors Stellina retrouve ses forces; elle retire sa main, le repousse, et sort de la grotte qui n'a pu lui servir de refuge. Le carquois et les flèches y restent délaissés.....

Edouard la suit; mais un regard de colère, faible effort de la pudeur expirante, le retient. Elle croit pouvoir quitter l'enceinte: après en avoir cherché l'issue, elle se retrouve encore auprès du jeune homme. Il veut s'excuser.... Un sourire l'arrête, et elle s'exprime en ces termes:

« Depuis hier, Milford, je ne suis plus la même, et sans doute le changement que j'éprouve est la punition de mon impiété: j'évite les regards de mon père, je ne puis supporter ceux de mes compagnes, et l'approche des chefs qui prétendent à ma main me fait horreur..... Indifférente et tranquille, je regardais l'étranger comme un monstre destructeur..... Aujourd'hui un pouvoir inconnu m'entraîne, me retient auprès de toi, et je sens que je ne m'appartiens plus. — Mais je puis au moins n'être pas criminelle. — Ami, séparons-nous. — Retourne en Europe. — Oui, retourne, et reçois mes adieux. — L'horreur et la mort nous environnent.... Le deuxième jour, tu pourras sans péril t'éloigner de la forêt. Tu me laisses un sentiment qui me rendra long-tems malheureuse. Pourquoi n'es-tu pas né sur les rivages de Ceylan, et sous les lois de Brama »?

Cet aveu transporte le jeune homme et redouble ses désirs. Mais Stellina a déjà quitté l'enceinte, elle disparaît, véloce comme l'étoile fugitive qui dans une belle nuit s'échappe quelquefois, et glisse sur la voûte azurée.

Le silence régnait sur la colline. La fille de Ditulan arrive au palais, reçoit l'embrassement paternel, et se réfugie à la hâte au milieu de ses femmes. Sa nourrice, la sage Emora, vainement s'efforce d'égayer son repas douloureux, vainement elle l'interroge; il semble qu'elle n'ait plus d'amitié pour tout ce qui l'environne: toutes les facultés de son ame sont réunies sur un seul objet; et pour que rien n'interrompe sa profonde rêverie, elle se retire, et sur sa couche elle invoque le sommeil ou plutôt les songes consolans qui, dans leurs illusions badines, donnent quelquefois l'ombre du bonheur;.... illusions dont la jouissance sans remords est peut-être préférable à la réalité!

Le sommeil s'arrêta sur ses paupières humides, et n'alla point jusqu'à son ame. Son trouble s'accrut; chaque heure de la nuit souffla le feu dont elle était embrasée. Les songes voluptueux s'éloignèrent; des images sombres, extravagantes, sans suite, se disputèrent l'empire de sa tête assoupie. Le sang agité par la tempête se souleva: bientôt. son cours précipité porta le désordre dans tous les principes de la vie. Les battemens de son pouls redoublèrent..... Tel le feu couvert par la cendre. Il nous offre l'image d'un coeur dont l'enfance retarde encore l'explosion. La première étincelle annonce son existence secrète, et soudain la chaleur se dilate,... la cendre froide devient brûlante,.... et la flamme se forme,..... pétille et consume. — Chaque progrès de la nature est précédé par une crise; et de même que les maux qui assiégent nos premières années forment l'accroissement du corps, l'amour, cette première crise de l'ame, en développant nos facultés intellectuelles, nous donne l'existence du sentiment; existence précieuse par laquelle seule l'homme doit compter le nombre de ses années!

Accablée de fatigue, elle ouvre les yeux. Depuis une heure, la bonne Emora, assise à son côté, déjà plusieurs fois avait doucement séché la sueur de son front: elle embrasse sa fille, et son teint pâle, ses lèvres décolorées alarment sa tendresse. Elle veut savoir la cause des maux qui l'affligent, et implorer les secours du vieux brame, qui seul dans la tribu possède l'art divin de la guérison. Stellina l'arrête, et modère son affectueuse vivacité.

« Non, ma chère, je ne suis point malade; mais je suis triste, et le secours du brame est impuissant ».

Emora veut connaître d'où vient cette tristesse: elle redouble ses instances; ses reproches se mêlent aux prières. Silencieuse comme la veille, la jeune fille d'abord ne répond que par ses larmes.

« Emora, lui dit-elle enfin, ne me tourmentez pas davantage. Pouvez-vous m'appeler ingrate? N'ai-je pas toujours déposé dans votre sein les peines qui m'ont affligée? Si dans ce jour je dois garder le silence, vous ne pouvez m'en faire un crime. Mon mal est affreux; mais s'il cessait d'être un secret, il deviendrait insupportable... Emora, ne m'interrogez plus. Je crois que la colère de Brama me poursuit ».

A ces derniers mots, la vieille frémit. Elle n'interroge plus; mais elle se pénètre des peines de sa fille, et n'en voit le soulagement que dans la religion, dernier asile de l'infortune: elle serre la main de Stellina dans la sienne, et s'efforce ainsi de la consoler.

« O ma fille, le chagrin te rend injuste envers les dieux bons. Ecoute-moi, et cesse de t'affliger. Jamais la colère de Brama ne poursuit l'innocence; mais Brama quelquefois abandonne les mortels au génie du mal, le terrible Vedra, que l'on ne peut apaiser que par le sacrifice des ténèbres. Le sage Bisnagar, qui périt à Colombo sous le fer des Portugais, a le premier mis en honneur parmi nous le culte du dieu malfaisant. Lorsque des peines que l'on ne peut alléger nous accablent, le grand-brame évoque l'oracle, et toujours cet oracle est salutaire. Vedra s'appaise, et Brama veille encore sur nous.....

« Je ne te dirai pas quel est le sacrifice; le mystère l'enveloppe. Je sais qu'au milieu de la nuit on se rend seul dans le temple. Le reste fun secret entre le ciel et l'initié. Rarement il a lieu. Une année cependant s'est à peine écoulée depuis que le vieux Siloc l'obtint. Siloc revenait de Colombo, où long-tems il avait servi dans les fers des Européans. A son retour, il ne trouva plus de femme, plus d'enfans, et dans son désespoir, il courut sacrifier aux ténèbres. Il est aujourd'hui bramine. La gaité a reparu dans son coeur, et la tribu ne le voit jamais sans admirer la puissance des dieux.

« Eh bien, ma fille, si vos maux ne peuvent être appaisés ni par l'amitié, ni par la oraison, sans doute ils viennent de l'influence du terrible Vedra. Le respectable Déli n'épargnera rien pour vous le rendre favorable, et dans peu de jours vous pouvez retrouver la paix de l'ame qui vous a quittée. Je demanderai pour vous le sacrifice. Mais épargnez votre père: qu'il ignore tout; il succombe sous le poids des années, et vos chagrins pourraient précipiter leur cours. Croyez mon expérience, et invoquez le dieu puissant des ténèbres. C'est à celui d'où vient le mal qu'il faut demander le remède ».

La fille de l'itobar écoutait avidement le récit de sa mère. L'ame n'est jamais plus disposée à la dévotion que lorsqu'elle est enflammée d'une passion amoureuse. La dévotion et l'amour sont également des faiblesses que la sensibilité nourrit. Mais sans l'amour, où serait le bonheur des mortels? et sans la religion, quelle serait la consolation des malheureux?

Stellina ne balance point. « Oui, dit-elle, j'irai, j'invoquerai le génie du mal. Quel que soit son oracle, il m'apprendra du moins ce que je dois faire; il me défendra de moi-même. Je sens que ma seule résolution calme ma douleur ».

Emora remet sa fille aux soins de ses femmes, et se rend à la demeure du grand-brame. — Stellina se lève, et va trouver son père pour partager avec lui le premier repas du matin.

Le grand-brame, à la demande d'Emora, peut à peine contenir son alégresse.

« Allez, dit-il, femme respectable: vous craignez les dieux, ils vous rendront heureuse. Allez, les maux de Stellina finiront. Vous l'accompagnerez seule jusqu'à la porte du temple, à la douzième heure de la nuit. Là, vous l'attendrez en prières. N'oubliez pas que le secret est la première condition qu'exigent les dieux des ténèbres, et que leur colère confond l'indiscret avec le sacrilège ».

Déli croit que l'accablement de Stellina vient de ses remords, et qu'elle se repent d'avoir arraché aux flammes les trois captifs. Il s'applaudit de sa faiblesse, ordonne l'apprêt funèbre, et rêve au langage qu'il fera tenir à ses dieux. Stellina devant choisir le nouvel itobar, son intérêt veut qu'il se rende assez le maître de son esprit pour lui dicter son choix, et sur-tout pour l'éloigner du terrible Riamir, que le vieux Ditulan préfère. — Riamir était devenu l'objet de sa haine implacable. Il lui avait souri la veille, mais c'était le sourire atroce de l'assassin, qui remet son crime au jour suivant, pour mieux assurer sa vengeance....

Parmi les chefs de Ténor, on distinguait le jeune Orixa, neveu du grand-brame, à qui la dignité de son oncle donnait un nouveau lustre, et qui osait se déclarer le rival du chef de Fétan. Il semblait que le sort amenât Stellina au temple pour favoriser les projets du brame ambitieux. Lui inspirer de l'horreur pour Riamir, c'était presque la donner à Orixa, et mettre dans sa famille le sceptre de la tribu. — Tel était le raisonnement du fourbe. — Pour réussir, il fallait maîtriser une jeune fille par tous les prestiges du fanatisme, et faire des dieux les instrumens serviles de l'ambition et de la haine. — Jamais prêtre placé entre son intérêt et un sacrilège sut-il un instant balancer?.....

La douzième heure de la nuit sonne. Stellina, enveloppée dans une longue robe de caros, sort du palais: sa démarche est incertaine. Emora la soutient jusqu'à l'entrée du côté de l'occident. Un brame veillait à cette porte. Il désigne à Emora la pierre où elle peut attendre à genoux le retour de sa compagne, et marche devant elle. — Stellina se trouble: elle suit cependant le brame à pas lents, et de nombreux soupirs soulagent sa poitrine oppressée.

Ils sortent du temple du côté de l'orient, et suivent une allée sombre, étroite et voûtée. — Le brame frappe dans sa main: la porte s'ouvre, et se referme. Alors son guide l'abandonne: elle se trouve seule dans une enceinte effrayante.

Les murs sont couverts par le lierre timide, et par le noir ocanit qui chérit les tombeaux. L'air est peuplé de cent monstres malfaisans qui paraissent s'élancer sur la terre. Leur troupe infernale cache la voûte, et interdit aux malheureux jusqu'à la consolation d'élever les yeux vers le ciel. Leurs attitudes toutes diverses sont toutes horribles, et leurs formes menaçantes. Celui-ci a le bras armé d'un poignard et d'une massue, le sang qui ruisselle de ses lèvres rougit son corps. Celui-là est revêtu des dehors d'une femme: on s'étonne, à la vue de ses charmes, qu'elle soit parmi les génies de ténèbres; mais un poison verdâtre et subtil coule de tous ses membres: elle sue la mort, et le sourire du bonheur est dans ses regards assassins. — L'ingratitude, le meurtre, l'envie, la trahison, l'orage, et tout ce qu'il y a parmi nous de crimes et de malheurs, sont personnifiés avec précision, et semblent respirer et se mouvoir. — Deux monstres surtout frappent les regards de Stellina: l'un est un homme d'Europe, et l'autre une femme aussi vieille que le monde, et qui, pour son malheur, survit toujours aux révolutions qu'il éprouve..... L'Européan tient d'une main une arme à feu, et de l'autre une branche d'olivier: il caresse la vieille, qui le serre sur son coeur, et qui lui désigne la statue de Vedra comme le dieu protecteur des Portugais. — Stellina se rassure, et fixe encore le couple qui vient de l'effrayer. — Sur le front de l'affreuse femelle, elle lit en caractères malais: *Politique;* et les traits du jeune Européan lui retracent les traits de Milford: ses vêtemens sont les mêmes.... Elle veut s'approcher, mais soudain ses regards se tournent vers le dieu puissant qu'elle vient consulter, et elle s'éloigne éperdue de l'image de son amant, qui la poursuit jusqu'aux pieds de la statue gigantesque.

Le colosse est placé au milieu de l'enceinte; sa tête se cache dans la voûte: un roc stérile lui sert de base, habité par l'image du tigre, du serpent, et de toutes les bêtes féroces et venimeuses que l'attouchement de ses pieds avec la terre semble faire éclore. Le colosse est de bois de cyprès: un de ses bras repose sur la Discorde, et l'autre lance la tempête. La Discorde, accroupie sur le roc, enorgueillie de son ministère, prépare à l'envi le feu, l'or et le fer, élémens de son empire.

L'immense étendu est ornée de quelques lampes, dont la lueur douteuse éclaire à peine les fantômes sinistres, comme si la lumière tremblante craignait de pénétrer dans le séjour des ténèbres. La fille de l'itobar a besoin de tout son courage. Prosternée au pied du roc, tous ses efforts pour chasser le jeune homme de sa mémoire sont inutiles.... Son image accourt de la forêt pour veiller à sa sûreté.

L'instrument sacré pousse un cri funèbre qui roule dans la voûte, anime un instant les idoles de la nuit, et rentre dans le silence. A ce signal, Stellina frémit. Le colosse s'ébranle, et une voix sombre comme le tonnerre qui gronde dans le lointain, profère ces paroles:

« Fuis Riamir, l'ennemi des dieux. Avant trois jours, choisis ton époux, et je te rends à Brama ».

Les échos successifs du temple répètent « Brama » de distance en distance. — Le souffle de Vedra, lentement propagé par l'air épais, atteint les lampes et par-tout répand les ténèbres; et un vent impétueux s'élève, et porte de tous côtés l'infection et le trouble: le chaos s'anime..... et Stellina s'évanouit.

Deux brames soulèvent l'initiée; ils traversent rapidement le temple et la remettent dans les bras de sa compagne, qui la porte avec peine jusqu'au palais.

Le sapin épuré s'allume. Emora, après avoir réchauffé sa fille de son haleine maternelle, verse dans son sein la boisson restaurante. — Ses yeux se rouvrent. L'aspect de sa demeure la rassure. Elle se couche avec son amie sur la même natte, et elles attendent impatiemment le jour, qui s'annonce déjà par la première clarté.

Livre quatrième.

La Discorde.

« La discorde est moins affreuse que l'infamie ».

STELLINA, saisie d'horreur devant le ténébreux colosse, avait à peine entendu son oracle. Ce n'est que loin du temple qu'elle se rappelle l'ordre qu'il renferme. À mesure qu'elle reprend l'usage de ses sens, sa rigueur et le délai fatal lui paraissent plus terribles.

Riamir lui était odieux: le fuir n'est pas un effort pour elle, et sans peine elle obéit à Vedra. Mais dans peu choisir son époux parmi des chefs qui lui sont tous indifférens,..... cet effort lui semble au-dessus de son courage. Ignorant encore si elle pourra s'y résoudre, ou si elle osera résister aux dieux, son ame a besoin des conseils de l'amitié. Puisqu'Emora lui tient de mère, elle veut interroger et l'entendre.

« Sans tes soins, lui dit-elle, je n'aurais pas consulté le génie malfaisant; tremblante, inanimée, je serais encore à la porte du temple, sur la pierre où tu m'as recueillie. Toi qui m'as conduite aux dieux, écoute leur oracle, et dis-moi si cette nuit n'a pas redoublé mes malheurs ».

« Avant de vous écouter, ma fille, s'écrie la vieille, j'aimerais mieux expirer de faim sur la pointe solitaire du roc où le puissant itobar fait enchaîner les criminels et les lâches.... Avez-vous oublié *que le secret est la première condition qu'exigent les dieux des ténèbres, et qu'ils confondent dans leur courroux l'indiscret et le sacrilége?...* Ah! retenez dans votre sein la plainte, et que la parole coupable expire sur vos lèvres. — Les dieux n'ont fait entendre leur voix qu'à vous, et seule vous devez connaître leur volonté. — Espérez et obéissez. Souvent les oracles les plus favorables sont enveloppés d'une apparence sinistre qui ne sert qu'à éprouver les mortels ».

Ces mots l'affligent tout à la fois et la rassurent. Si la privation des conseils de son amie lui paraît dure, ses derniers accens rallument dans son sein le flambeau mal éteint de l'espérance. « Souvent les oracles les plus favorables, se dit-elle, sont enveloppés d'une apparence sinistre qui ne sert qu'à éprouver les mortels. — Oui, sans doute, toujours les dieux s'énoncent d'une manière obscure, que l'événement seul peut expliquer. Qui sait si Milford n'est pas destiné par eux à vivre parmi les Ténadares? Peut-être en le choisissant pour mon époux, et laissant à d'autres le droit de régner, pourrions-nous vivre heureux et tranquilles. — Les dieux ont bien amené les Portugais sur nos rives; ils leur ont bien donné les maisons ailées pour traverser les mers, et le feu céleste pour détruire,.... pourquoi ne pourraient-ils pas dissiper l'ignorance des Bédas qui voient des ennemis dans tous les hommes d'Europe? Pourquoi ne pourraient-ils pas rétrécir la fureur et étendre l'hospitalité,.... eux qui naguères m'ont donné assez de force pour délivrer trois captifs entourés de guerriers et de brames »?

Ces idées successives ont accru l'espoir réveillé par la bonne Emora. — Stellina veut obéir aux dieux. Aujourd'hui même elle veut annoncer à son père qu'avant trois jours elle nommera son époux. La confiance la soutient; elle ne recule plus devant sa destinée.

Depuis long-tems le soleil éclairait l'île de Ceylan. L'itobar s'étonne que sa fille n'ait pas encore volé dans ses bras. Inquiet, il interroge ses femmes, et à l'heure tardive de son réveil, il se rend auprès d'elle.

Son air abattu la surprend. Les sillons des pleurs qu'elle a versés sont tracés sur ses joues. Malgré tous ses efforts, le sourire de la gaîté ne peut point se fixer sur sa figure, et les soucis qui la tourmentent n'échappent point au regard paternel. Pressée par des instances réitérées, il faut qu'elle réponde, et cependant qu'elle cache la cause de sa tristesse et sa démarche nocturne. Elle détourne, par ces mots, les soupçons du vieillard:

« J'ai souvent résisté à vos prières en refusant de faire un choix parmi ceux qui prétendent à ma main. Je sens aujourd'hui qu'il faut m'y résoudre. Vous pouvez avertir les chefs de la tribu. Je désire qu'avant le troisième jour mon époux soit connu de tous les Ténadares ».

Les soupirs qui accompagnent ses paroles devraient faire connaître à Ditulan que sa fille vient d'accomplir un devoir bien pénible; mais l'allégresse est le seul sentiment qu'elles lui inspirent. Il croit que ce qu il a d'abord remarqué n'est que la douce émotion qui précède toujours l'hymen, et que le coeur de Stellina, jusqu'à lors insensible, appartient à quelque chef, sans doute à celui de Fétan. Après avoir embrassé plusieurs fois sa fille bien-aimée, il sort pour annoncer l'heureuse nouvelle. — Eût-il jamais pensé qu'un esclave d'Europe!....

À peine il s'éloignait qu'elle regrette l'aveu qui vient de lui échapper. Sa compagne s'efforce de dissiper ses alarmes; mais elle ne sait à quel motif attribuer l'inquiétude qui la tourmente. — Sa santé, altérée par les secousses violentes qu'elle venait d'éprouver, ne lui permettait pas de sortir du palais. Le reste du jour elle passa tour-à-tour de l'espérance à la crainte, et de la douleur à la joie.

Souvent la nuit paisible calme les chagrins; mais quelquefois orageuse, elle marche lentement, couverte de voiles sombres et suivie de rêves effrayans. Elle apparut ainsi pour la seconde fois à Stellina. — Les guerriers étaient réunis dans la grande salle du palais. L'attente brillait dans les yeux de tous. Elle, assise auprès de son père, retardait l'instant du choix fatal, lorsque tout-à-coup Riamir et Orixa paraissent poudreux, ensanglantés.... Ils pressent chacun d'un bras irrité le sein rougi du jeune Milford; et s'élançant devant l'itobar: « Tiens, lui disent-ils, voilà celui que ta fille nous préfère ». À ces mots, les doigts accusateurs de tous la désignent à l'opprobre, et les regards de tous lancent sur elle l'infamie. Son père courroucé prononce l'arrêt du jeune audacieux. Tous les guerriers se disputent le barbare plaisir de lui donner la mort. Il tombe frappé de mille coups, et ses lambeaux épars sont portés par ses rivaux en triomphe comme un honorable trophée..... Telle fut l'horrible illusion que cette nuit sut créer et entretenir..... Telle la lueur funèbre qui veille auprès des tombeaux.

Baignée d'une sueur froide, elle se réveille. L'ombre d'Edouard mourant s'attache à tous ses pas. L'espérance s'éloigne, mais l'amour survit à l'espérance; et, quoiqu'elle regard son malheur comme inévitable, elle voudrait toutefois s'assurer si l'Européan qu'elle doit oublier respire encore dans la forêt, ou si les murs de Colombo le renferment déjà dans leur enceinte ennemie. Ce désir est suivi d'une foule de sentimens douloureux, vifs, passionnés, qui dans peu ne connaissent plus de bornes. Son ame s'embrase de nouveau..... Les souvenirs du temple s'affaiblissent. Elle se demande déjà si ses destins sont irrévocablement fixés, et si elle ne doit pas préférer son coeur à l'oracle ténébreux..... Déjà même, affranchie de tous liens, elle veut retourner à la grotte qui recèle son amant...... Cet orage soulevé par l'amour impétueux, se fond en larmes, et bientôt, il s'appaise. La pudeur et la religion reprennent l'empire de son ame; elle rougit de ses désirs effrénés, et tremble de son audace impie; elle sent que l'ordre des dieux et sa promesse à son père ont enchaîné sa volonté, et qu'il ne lui reste plus qu'à supporter à jamais l'affreux tourment de ne plus voir celui qu'elle aime, et d'être à celui qu'elle n'aime pas..... Ses larmes deviennent plus amères.....

« Il faut oublier l'Européan; le ciel et l'honneur et la nécessité l'exigent: mais faut-il que je renonce aux soins de l'hospitalité? Dois-je l'abandonner aux périls qui le menacent? Cette nuit je l'ai vu expirant sous les coups des assassins; et la nuit nous porte souvent les avertissemens des dieux! Je lui avais promis de le guider jusqu'au mont Argias, d'où l'on découvre le premier fort des Portugais. Si je ne puis moi-mème tenir ma promesse, pourquoi ne pas lui faire porter par la voix d'Emora des adieux consolans et des avis hospitaliers?.... Pourquoi délaisser mon ami sans guide au milieu des déserts?.... Peut-être erre-t-il depuis ce matin dans les forêts en maudissant ma mémoire ».....

Elle appelle soudain sa fidèle Emora, lui retrace son entrevue avec l'Européen, et la conjure de se rendre sans délai vers la grotte et de le guider dans la nuit jusqu'au pied des montagnes. Emora écoute, et croit à peine ce qu'elle entend: elle sait que parler à l'homme d'outre-mer est un crime aux yeux de Brama. Elle hésite..... Mais les larmes de Stellina, son désespoir, sa résolution, si elle refuse, d'aller elle-même retrouver l'étranger, la déterminent: elle préfère son déshonneur à celui de sa fille; l'amour maternel accroît sa vigueur. Elle s'achemine à grands pas vers la forêt.

L'amante de Milford n'attendait que le lendemain le retour de sa compagne. Deux heures s'étaient à peine écoulées lorsqu'Emora reparaît à ses yeux. — *Elle avait trouvé la grotte déserte.* — « Il est donc retourné parmi les siens! Puisse-t-il au moins vivre heureux, et se ressouvenir sans haine du nom de Stellina »!

Cependant tous les chefs de la tribu se rendent au palais. Ils désiraient depuis long-tems que l'itobar, affaibli par l'âge et les infirmités se choisît un successeur digne de les guider contre les Portugais. Le jour qui va luire est pour eux une fête solennelle. — Plusieurs des jeunes gens, qui jusqu'alors avaient osé prétendre au premier rang, s'étaient retirés pour éviter un affront presque certain. Le guerrier de Fétan, Orixa, Cosmoë, qui habite avec ses amis dans les vastes forêts de la Sanga, et le sage Onémo qui, dans l'âge mûr, conserve toute sa fraîcheur, restent seuls pour disputer la main de jeune Indienne.

Presque tous les Bédas nommaient Riamir, et se réjouissaient de choix honorable. Les amis du grand-brame espéraient avoir pour prince Orixa. Quelques autres faisaient des voeux pour leurs rivaux.

Les vieillards et les chefs environnaient le vieux Ditulan, qui recevait leurs félicitations; les cabanes retentissaient de cris joyeux; les femmes préparaient les gâteaux de sagou, les enfans déroulaient les bandelettes, et les hommes aiguisaient les flèches qui devaient servir aux jeux du lendemain..... Le murmure de l'allégresse populaire, porté par le vent du soir aux oreilles de Stellina, lui paraissait affreux comme le son rauque de la tempête...

Riamir, de retour de Colombo, s'étonne du mouvement inaccoutumé qu'il observe. Il interroge une jeune fille qui descendait la colline.

« C'est pour célébrer, lui dit elle, le mariage de notre jeune itobare, qui doit avoir lieu demain ».

Ces mots frappent Riamir d'un coup de massue. Soupçonneux, violent, irrité, il se croit trahi. En peu d'instans, il est aux portes du palais. Là, il ordonne à ses guerriers de l'attendre, et il entre dans la grande salle où se pressait la multitude.

Le vieux Ditulan l'aperçoit et s'avance en lui tendant les bras. Riamir, immobile, lui adresse ces mots d'une voix étouffée:

« Tu me souris après m'avoir trompé! Je suis absent, et l'hymen de ta fille se prépare! C'est demain qu'il se célèbre! Demain un autre va monter au rang que tu m'as si souvent promis.... Si tu es assez faible pour violer ta parole, souviens-toi que la parole des braves est sacrée comme celle des dieux. Ecoute, et que mon serment retentisse sur la colline et dans les vallées. — Riamir sera l'époux de Stellina, ou demain les flots de la Sanga rouleront ensanglantés ».

Tous les chefs, les yeux fixés sur celui de Fétan, l'écoutent avec surprise; quelques-uns l'entourent pour l'avertir de son erreur. Ditulan indigné les retient; il s'écrie:

« Si des cheveux blancs couvrent mon front, je ne sais pas encore, supporter l'outrage. Penses-tu, jeune téméraire, régner sur moi par la crainte et dicter des lois à la fille des itobars? Ta raison t'abandonne, et tu n'as plus de vertu, puisque tu deviens ingrat. — Va sors de ma présence. La discorde que ton aveugle fureur appelle, fera sourire les Européans; mais la discorde est moins affreuse que l'infamie. Si la solennité de demain te déplaît, tu peux rester à Fétan ».

Le vieillard ému s'éloigne. Il défend à ses amis de le suivre. Riamir, frappé de sa douleur, se reproche sa vivacité. Mais la vue d'Orixa triomphant rallume sa colère.

Orixa, instruit par le grand-prêtre, ne doutait plus de sa victoire. L'imprudence de son rival avait porté la joie dans son coeur. Il veut dans ce moment faire éclater sa tendresse pour le père de Stellina; et, comme s'il était déjà revêtu de la suprême puissance, il ose exciter contre Riamir ceux qui l'environnent.

Riamir l'approche, et l'on se range autour d'eux. Onémo et Cosmoë, qui les observent avec plaisir, espèrent que le chef de Fétan, qu'ils ne craignent plus, leur délivrera d'Orixa, qu'ils n'ont jamais tant redouté. Perdus dans la foule, ils excitent les haines mutuelles, et chacun d'eux espère recueillir le fruit de ces divisions. Ainsi, dans les états mêmes les plus policés, les factions diverses se heurtent, se déchirent; et quoique leur but ne soit pas le même, elles ont toutes pour point de contact le désir du trouble et la haine de l'ordre établi.

Lorsque Riamir s'approchait, le neveu de Déli tenait ce discours:

« Amis, il ose insulter au puissant itobar! N'est-ce pas lui qui, le jour du sacrifice, vomit contre les dieux des torrens de menaces?.... Et si la parole des braves est sacrée, devrait-il se présenter devant nous avant d'avoir accompli la promesse expiatoire qu'il a faite à Brama?.... Il revient de Colombo..... Où sont les six Portugais qu'il devait l'amener au temple »?

Riamir, qui l'entend, peut à peine retenir ses transports.

« Guerriers, à qui prêtez-vous une oreille attentive? Le neveu du brame est celui qui m'accuse! Elevé à l'ombre de l'autel pacifique, il ose me disputer la fille de Ditulan! Il prétend, lui qui n'a jamais combattu, régner sur les Ténadares! — Si je ne respectais cette demeure, la flèche qui sur mon arc résonne d'impatience, aurait déjà puni l'insolent.

« Il me demande où sont les six captifs que j'ai promis à Brama. Je n'irai pas sans doute implorer son bras pour l'accomplissement de ma promesse; mais je le remets à un tems plus calme, et Brama seul peut s'en offenser..... Si demain l'on ose encore me préférer un lâche, ce ne sont pas des victimes européannes qu'il faut à ma rage. Adieu. — Je vais rejoindre mes amis, et je laisse avec les siens le religieux Orixa. — Demain, nous nous reverrons au temple ».

Il quitte le palais, et suivi d'une partie des chefs, il se retire à Fétan.

Orixa se réfugie auprès de l'ambitieux Déli, qui le rassure, et se flatte que le choix du jour suivant lui donnera bientôt le pouvoir de réprimer son ennemi.

Ditulan parle à Stellina de la division qui vient de naître: il s'efforce, par ses caresses, d'attirer sa confiance. Elle lui avoue qu'elle n'aime point Riamir. Pressée dans les bras du vieillard qui s'étonne de ses larmes, elle est sur le point de lui ouvrir son coeur, lorsqu'un regard de la vigilante Emora le referme sans retour. La crédulité religieuse étouffe la nature, et en affligeant son père, en le trompant, elle croit obéir aux dieux.

Tandis qu'à Ténor on s'entretient douloureusement, les partisans de Riamir se pressent autour de lui. L'audace du faible Orixa, qui aspire au rang d'itobar, les indigne. Sa mort est jurée s'il persiste. — Riamir s'efforce surtout d'animer les guerriers contre le grand-prêtre dont l'astuce l'épouvante.

« Les dieux, leur dit-il, nous donnent souvent de princes parjures; pourquoi ne nous donneraient-ils pas quelquefois des brames sacriléges? »

La Discorde éloigna le sommeil des bords de la Sanga. Les forges des cyclopes furent occupées toute la nuit. C'est là que les hommes de Fétan se réunissent à l'approche de la guerre. Les chefs sont au palais de Riamir, et le peuple veille dans les forges à la lueur des fournaises embrasées. Ainsi se retrempent en même tems et dans les mêmes lieux les armes mortifères et les féroces courages.

Le soleil avait à peine parcouru la moitié des cieux. Le temple renfermait une grande partie de la tribu: le reste couvrait la place publique.

Déli est aux pieds de la statue de Brama. A sa droite, Ditulan, sa fille et tous les chefs; à sa gauche, les vieillards. Une balustrade en pierres sépare le peuple de l'enceinte sacrée.

Au-dessus du grand-prêtre, sur les genoux de Brama, se voit exposé l'arc d'ébène, ornement des princes indiens.

Riamir s'est placé au milieu de l'enceinte: l'œil fixe sur ses guerriers attentifs, il semble défier les dieux, et se promettre, malgré leur courroux, la conquête de Stellina. — Ses trois rivaux sont près de l'itobar.

Les parfums s'élèvent en nuages jusqu'aux voûtes de l'édifice.....

Le grand-prêtre annonce que Stellina va choisir son époux.

« Quel qu'il soit, je jure au nom des initiés de le reconnaître, et je dévoue aux dieux malfaisans le rebelle et l'audacieux ».

Le vieux Ditulan répète l'imprécation. Il se fait un grand silence. On écoute, sûrs d'entendre de la bouche de Stellina le nom du vainqueur.... Tout-à-coup, la voix de Riamir retentit dans le temple.

« Vieillards, s'écrie-t-il d'un ton grave et menaçant, c'est à vous qu'il appartient de nous transmettre les lois qui depuis des siècles régissent la tribu. Les princes ne peuvent point s'y soustraire, et les brames ne doivent s'occuper que de l'hommage que l'on rend aux dieux.

« Vieillards, je vous le demande:

« L'itobar fut-il jamais choisi parmi les hommes étrangers aux combats? Un faible enfant, sans courage et sans prudence, a-t-il jamais régné sur les Ténadares?.... Le sage Onémo et Cosmoë, la terreur des forêts, me disputent le rang suprême. Je les accepte pour mes rivaux: mais je refuse Orixa.....

« Vieillards, prononcez. Souvenez-vous que Riamir ne souffrirait point l'injustice; c'est à vous à prévenir les malheurs qu'elle pourra t'entraîner.

« Peuple de Ténor, brames, guerriers, je refuse Orixa ».

Un bruit favorable s'élève. Les amis de Riamir éclatent en cris d'alégresse. Le peuple, toujours juste lorsqu'il est abandonné à lui-même, se joint à eux, et de la place publique au temple l'approbation devient universelle.

Cependant les vieillards incertains attendent l'ordre du grand-prêtre, qui cache la fureur qui le dévore, et leur dit d'un ton calme:

« Ce n'est point dans l'enceinte sacrée que vous devez prononcer: le palais de l'itobar vous attend. Le temple se rouvrira lorsque vous serez prêts à annoncer la volonté des lois. Puisse Brama vous inspirer la justice »!

A ces mots, il se lève. Deux initiés reportent l'arc précieux. L'itobar et Stellina, entourés des chefs et des vieillards, fendent la presse, et le grand-prêtre désespéré se retire.

Livre cinquième.

La Grotte.

O Stellina! tu m'appartiens......

LES vieillards se réunissent auprès de l'itobar. Une voix unanime s'élève contre Orixa. Chacun saisit cette occasion propice pour raconter les hauts traits de sa jeunesse et les exploits des guerres passées. Après avoir perdu quelques heures dans cette douce occupation, les avis se recueillent. Le centenaire Ipénare en est le dépositaire. — Ipénare, ayant obtenu depuis six mois la couronne de la sagesse, avait acquis le droit de présider aux conseils. On regardait à Ténor comme un homme sage celui qui avait pu atteindre cent années révolues: on le portait en triomphe au temple; le grand-prêtre lui donnait, au nom des dieux, la guirlande de chêne; son nom était inscrit sur les colonnes qui soutiennent la statue de Brama, et dès ce jour, il était respecté à l'égal des initiés.

Ipénare à la tête blanchie marche sans soutien. Après avoir recueilli les opinions d'un pas ferme, il annonce la volonté de la loi. Ditulan lui-même écoute, saisi de respect.

« Pour régner, il faut avoir du courage et de la vertu. Riamir est le premier parmi les braves. Souvent Cosmoë porta la terreur parmi les étrangers. Onémo plus d'une fois nous a donné des conseils salutaires. Mais les vieillards ne connaissent point Orixa. Qu'Orixa se présente devant nous ».

Le neveu du brame était dans le temple, où Déli lui prescrivait ce qu'il devait faire pour éviter l'opprobre. Instruit de la décision du centenaire, il court au palais, fier des conseils qu'il vient de recevoir, et se présente devant ses juges le front calme et l'abord gracieux.

« Sages vieillards, vous me demandez ce que j'ai fait pour la tribu. Je vous demande ce que j'ai pu faire.....

« A peine sorti de l'enfance, la paix a régné parmi vous. Devais-je aller chercher les combats, et rompre par une aveugle fureur les liens qui vous attachent à vos ennemis? — Le jour du sacrifice, n'ai-je pas retenu les transports de la multitude? Hier, n'ai-je pas défendu l'itobar contre l'audacieux pour qui rien n'est sacré?

« Si je ne craignais pas la guerre civile, je voudrais faire preuve de courage contre celui qui pense être le seul brave de la tribu. Mais à peine assez forts par notre union, la discorde nous livrerait aux Portugais attentifs.

« Je demande que le choix du prince soit retardé de quelques mois..... Dans quelques mois, j'aurai vécu, ou je vous aurai prouvé que le sang de Bisnagar et de Déli coule dans mes veines ».

Ces mots réveillent les amis du brame. Ceux-ci détestent l'orgueil du chef de Fétan; ceux-là sont charmés de l'intrépidité de son jeune rival. L'accueil favorable de l'itobar entraîne les avis incertains de plusieurs; d'autres se flattent que leurs enfans pourront bientôt disputer aussi le rang suprême: presque tous approuvent la demande d'Orixa. — Ipénare reçoit de nouveau les suffrages, et il prononce que le choix de Stellina est suspendu.

A cette nouvelle, Riamir courroucé retourne au milieu des siens, le peuple se sépare, et le vieux Ditulan court auprès de sa fille pour lui annoncer l'irrévocable arrêt que la loi vient de rendre.

Stelline étonnée ne sait plus à quel parti se fixer. Elle regrette de ne pouvoir pas révéler à son père le secret qui l'accable, ni à sa fidèle Emora le sens de l'oracle qui remplit son ame d'une religieuse inquiétude.

« Eh quoi! sur le point de faire un choix prescrit par le ciel, les lois, qui viennent m'arrêter, me rendent la cause involontaire des troubles qui nous menacent! Que veulent de moi les dieux et les hommes? Si je suis dévouée au malheur, pourquoi du moins cet oracle mystérieux me condamne-t-il à souffrir sans pouvoir épancher mes peines dans le sein des amis qui m'entourent? ..... Et cet odieux Riaimir..... sera-t-il plus puissant que Vedra? Serai-je à lui malgré les dieux et malgré moi-même, comme une proie échue en partage »?.....

Bientôt des idées moins sombres la tranquillisent. Elle pense avec horreur au sacrifice qu'elle allait accomplir, et rend grâces à l'événement qui l'a troublé.

« Si mon choix n'eût pas été suspendu, je ne serais plus à moi: j'appartiendrais à Cosmoë, plus féroce que les monstres des forêts qu'il habite, ou au prudent Onémo dont la jeunesse est passée, ou au méprisable Orixa..... Tandis que je pleurerais sur mon sort, l'implacable Riamir porterait peut-être le fer et le feu dans le palais de mon père. Oh! que mes plaintes contre les dieux étaient injustes! Ce délai propice est un bienfait. Le jeune homme depuis hier a quitté la grotte, et son éloignement sans doute appaise le courroux de Brama...... Si je ne le vois plus, du moins je n'appartiens qu'à la douleur, et je puis me livrer sans crainte aux souvenirs qu'elle m'inspire..... Ces souvenirs charment mon existence. Les dieux qui voient tout ne me les ont pas défendus: j'ai suivi leur oracle, et je m'abandonne à leur volonté ».

Le lendemain, Stellina se trouve plus que jamais remplie de confiance dans la justice des dieux bienfaisans: le baume salutaire qui coule dans ses veines lui rend l'espoir et la santé; comme si elle était devenue étrangère aux troubles qu'elle a fait naître, elle veut parcourir les forêts pour dissiper ses ennuis.

En peu d'instans tout se prépare. Dix jeunes filles, à peine voilées par la toile légère, les cheveux relevés en tresse, le carquois sur l'épaule et l'arc à la main, environnent Stellina, qui s'efforce de leur sourire, et s'avance à leur tête. Après elles, vingt guerriers, armées de javelots et de massues, sont conduits par le farouche Cosmoë, qui marche aussi fier que s'il traînait après lui de sanglantes dépouilles. — Deux cors bruyans annoncent et précèdent le passage de la jeune itobare.

Arrivés dans la plaine, on s'arrête au bord du Gardel, où elle fixe le point du départ et du retour. Elle attend dans ce lieu les femmes qui suivaient chargées des provisions champêtres. Au signal accoutumé, les chasseurs s'éloignent, espérant tous remporter le prix et revenir en triomphe. Cosmoë, souriant de leur audace, s'approche de Stellina.

« Puissé-je traiter mes rivaux comme le tigre que je vais atteindre. Si tel est votre désir, aujourd'hui les forêts du Gardel seront dépeuplées ».

Il part sans attendre de réponse. On croirait à son ardeur qu'il a déjà signalé le monstre sauvage.

Cependant les jeunes filles sont restées seules avec deux guerriers qui veillent auprès d'elles. Les femmes attendues arrivent au lieu du campement, où elles préparent pour le soir le repas de Stellina et de ses compagnes, et disposent les peaux fraîches et mollissantes qui doivent leur servir de couche pendant toute la durée de la chasse.

Stellina s'avance, avec ses jeunes amies, dans la forêt, et se livre avec elles au plaisir qu'elle était venue chercher. — La touffe de palmier isolée dans la plaine frappe ses regards..... Un soupir et une larme lui échappent, et un mouvement involontaire ralentit sa course.... Ses compagnes se séparent; l'espoir de la proie les entraîne..... Elles courent aussi légères que les vents.

Stellina ne poursuit point les bêtes féroces; mais l'image de Milford la poursuit. L'arc et les yeux baissés vers la terre, elle marche lente et pensive.

Livrée à sa douce rêverie, elle avançait toujours. Un pouvoir surnaturel la ramenait à la forêt de l'étranger, du côté de la Sanga. Elle s'apperçoit de son erreur, et se plaît à la prolonger. Le campement qu'elle voit dans le lointain la rassure.

Elle arrive près de la grotte: son coeur impatient s'élance pour l'y précéder. Elle sait bien qu'il n'y est plus; mais elle aime à se rappeler le jour où, exténué par la terreur et la faim, il trouva dans l'enceinte hospitalière les secours qu'il pouvait désirer: elle se retrace sa reconnaissance et sa joie, et l'aimable douceur qui animait sa figure, et ses cheveux blonds qui se repliaient en boucles ondoyantes,..... et ses yeux bleus où semblaient en même tems siéger le plaisir et la candeur.....

Le charme des souvenirs amoureux l'entraîne dans la grotte: elle y voit sur le gazon son arc et ses flèches délaissés....

Cependant le soleil était brûlant, l'air enflammé. La jeune fille était accablée de fatigue et de chaleur. Jamais cette grotte ne lui avait paru si belle. L'herbe qui la revêt de toutes parts est semée de fleurs odorifères: l'oëma douce comme la violette, et l'ipaüs plus blanc que les lys, étalent sur le tapis vert leurs couleurs variées. Mille arbustes aromatiques naissent dans ce lieu de mystère, et quelques-uns plantés en dehors pénètrent, légèrement s'élèvent, et couvrent les murs de la grotte. — Le murmure de la source qui sort du roc et tombe dans un bain de pierre, appelle le repos et invite la fraîcheur. Une lumière douce comme celle qui précède l'aurore répand son attrait magique sur tous les objets qu'elle éclaire à peine, et les parfums suaves et irritans qu'exhalent les plantes aromatiques, excitent la soif ardente de la volupté.

La jeune fille espère trouver dans les eaux cristallines un délassement agréable. Elle quitte sa robe légère, et glisse dans le bain.... Les flots, soulevés de plaisir, caressent avidement les genoux, la gorge et les lèvres de corail qu'ils osent de tems en tems frapper d'un ton caressant, comme pour y réveiller les tendres baiser qui reposent..... Mollement elle se balance, et s'assied sur la pelouse qui tapisse la fontaine.

Elle avait cru que le bain calmerait son ardeur; mais son ardeur s'en accroît, et ses sens soulevés s'emparent de tout son être. Dans l'enceinte solitaire, sans redouter l'influence des dieux malfaisants, elle se livre aux sensations qui l'embrasent: son imagination lui répète les plaisirs qu'elle éprouva la première nuit de son amour..... Elle suit dans tous ses détails le rêve voluptueux qu'elle se plaît à renouveller..... Puis se rappelant l'audacieuse tentative de Milford, elle croit de nouveau sentir sur son épaule nue l'impression de ses lèvres..... Elle tressaillit, et tendrement agitée, le plaisir un instant l'enivre.... Ce n'est plus l'initiée de Vedra, mais l'initiée de l'Amour..... À peine peut-elle suffire à la volupté dont son ame est remplie.....

Elle quitte avec peine les flots que la jouissance vient de consacrer, s'enveloppe du lin qu'elle promène doucement sur son corps, respire, et s'assied sur le gazon.

Le lin salutaire avait séché l'humide fraîcheur. Elle se lève. Sa main saisissait déjà son écharpe, lorsqu'un bruit léger la surprend. Ce bruit s'approchait par degrés..... Elle prête l'oreille, et porte ses regards inquiets sur l'entrée de la grotte..... Amour!.... tu peux seul nous dire quel trouble s'éleva dans son cœur!.... C'est lui,.... c'est Milford qu'elle apperçut,.... Milford qui s'avançait d'un air attristé.

Un cri lui échappe. Le jeune homme craintif recule.... Elle se resserre en elle-même, reprend le lin propice, et court se réfugier dans le bain qu'elle vient de quitter. Edouard l'a reconnue. Plus prompt que le trait qui fend les airs, il se jette entre elle et la fontaine, l'arrête, embrasse trois fois ses genoux chancelans, et s'écrie:

« O Stellina! tu m'appartiens ».

Le frémissement du plaisir agitait encore la jeune Indienne. Elle veut en vain s'échapper des bras du jeune homme. Des larmes couvrent ses joues, et roulent sur son sein. Telle la rosée matinale qui tombe sur le bouton printanier.

Le jeune homme la serre dans ses bras, et suce la trace de ses larmes. Elle veut se courroucer. Inutile défense! Le reproche impuissant reste sur ses lèvres , où mille baiser vainqueurs viennent l'effacer.... C'était l'heure de la faiblesse..... Hors d'elle, égarée, presque évanouie, elle tombe sur le sein de son amant, qui l'embrasse, et l'enveloppe comme la flamme dévorante.....

La douleur appelle les cris de la jeune fille..... A mesure que cette douleur voluptueuse augmente, elle serre plus vivement contre son cœur Milford anéanti.....

Un regard fait de nouveau pétiller le feu sacré dans les veines du jeune homme. Ses mains avides pressent tour à tour les globes élastiques, les reins brûlans, les formes arrondies.... L'insatiable desir meurt pour renaître..... Ainsi le flot soulevé succède au flot qui vient de se briser sur le rivage.

Des cris plus aigus annoncent que le triomphe s'approche. Il s'élance.... L'athlète qui touche au bout de la carrière n'est pas plus terrible, et moins précieuse est la sueur qui baigne son corps.... Il s'élance, résolu de vaincre ou d'expirer.... Les soupirs de Stellina se précipitent, se croisent, s'élèvent.... Sa plainte cesse un instant.... Ce silence annonce le cri de la victoire qui s'ébranle et s'échappe du fond de son ame. Il retentit dans tous les points de l'enceinte mystérieuse, et les échos discrets le redisent pour ne plus le répéter.

À ce cri décisif, l'Amour répond par un cri de joie. Assis à l'entrée de la grotte, son bras est armé d'une flèche de myrte, avec laquelle il éloigne les soucis et les regrets au teint livide qui déjà l'assiégent en foule....

L'heureux Edouard couvre encore de ses baisers les appas qu'il vient de posséder: loin de se dérober à ses regards, ils semblent à présent sourire à leur souverain..... Toutefois une larme s'échappe de la paupière de son amante; larme douteuse, fille de la jouissance ou de la pudeur.....

« O ma Stellina, pourquoi cette larme? N'es-tu pas mon épouse? Si les dieux réprouvaient notre union, t'auraient-ils livrée sans défense à mes desirs?

« Depuis ton départ, j'ai vainement tenté de m'éloigner de cette forêt. Colombo n'a plus de charmes pour ton amant. Plusieurs fois j'ai quitté ces lieux; mais à peine j'appercevais le rivage, que je demeurais immobile, et fuyant la mer comme le tombeau, je revenais dans la grotte hospitalière...... O ma Stellina, l'Europe ne m'offre plus que la solitude et la mort ».

« Moi te quitter, répond-elle. Ecoute. Le ciel, où sont les dieux de l'Inde, renferme aussi les dieux de l'Europe.... Eh bien! prenons le ciel à témoins de nos sermens.... Tu es mon époux. Tu régneras sur les Ténadares, ou je te suivrai par-tout où la destinée voudra te conduire. — Ce n'est plus ici la grotte de l'hospitalité; tu viens de la consacrer à l'Amour ».

« Oui, s'écrie le jeune homme embrasé de nouveaux desirs; je prends à témoin de mes sermens et le ciel et l'Amour ».

Et en soupirant la dernière parole, il se penche sur le sein de son amante, et le sacrifice amoureux se renouvelle...........................
....

La grotte, pendant ce jour, ne résonna que des accens de la volupté.

C'est en vain que Stelline eût voulu retourner le même soir au campement. — Jadis le dieu de la guerre partagea la couche de Vénus, et l'Amour a quelques traits de ressemblance avec le dieu de la guerre..... Il fait aussi des blessures profondes, et ses flèches se rougissent quelquefois du sang des victimes....

Retenue dans la grotte, elle oublia l'univers. La nuit fut consacrée aux douceurs d'un premier hymenée: la pudeur s'égara dans les ténèbres, et la jeune femme s'abandonna toute entière aux desirs effrénés de son époux.....

Le lendemain, elle pouvait s'éloigner; sa démarche n'était plus chancelante.... Au bouton mystérieux avait succédé la rose épanouie que voilait l'écharpe officieuse.... Il ne restait plus la moindre trace de sa défaite, et l'insomnie pouvait à peine se lire dans ses yeux abbatus. — Elle sait bien qu'aucun Ténadare n'oserait pénétrer dans l'enceinte: toutefois elle craint d'éveiller les soupçons; et prenant congé de Milford par un baiser savouré longuement, elle lui promet de bientôt revenir, et s'approche des rives du Gardel.

Les chasseurs poursuivaient encore les bêtes féroces, et les aboiemens de leurs chiens retentissaient dans les vallées du mont Argias. — Les femmes n'avaient point reposé de toute la nuit: elles avaient en vain frappé les airs de leurs voix aiguës. Répandues dans la forêt, fatiguées de leurs recherches, elles s'avançaient vers l'enceinte des itobars, lorsque la vue de Stellina les rassure. Elles l'entourent, et lui reprochent les peines que leur a causées son absence.

La chasse dura plusieurs jours. Stellina tous les matins s'acheminait à pas précipités vers la grotte, où elle préparait à son amant l'ennui de la satiété..... Tous les soirs elle revenait au campement. Cosmoë n'attribuait son inquiétude qu'au choix d'un époux, et respectant son humeur solitaire, il redoublait de soins pour mériter la fleur que le marchand de Plymouth venait de cueillir.

Fin du tome premier.

Livre sixième.

Le Meurtre.

Près de lui son arc et sa massue reposent.

TANDIS que sur les rives du Gardel les soupirs des amans se mêlaient aux cris des chasseurs, les bords de la Sanga retentissaient d'un bruit plus sinistre.

Riamir, aussi-tôt après la décision du centenaire, s'était retiré la rage dans le coeur: il voulait marcher sur Ténor, enlever la fille de Ditulan, et se venger du grand-brame et d'Orixa. Ses premiers transports exhalés, il écouta les conseils de ses amis, qui lui rappelèrent combien le jugement des vieillards était sacré. Il l'avait invoqué lui-même; en le méprisant, il soulevait contre lui tous les Bédas, son rival devenait le défenseur de Stellina et de sa famille, et plusieurs de ses propres guerriers abandonnaient sa cause pour se ranger avec l'itobar et les dieux. Il fallut céder un instant, mais son courroux n'en devint que plus terrible. A peine eut-il appris que son amant l'avait quitté la colline, qu'il rappela ses projets de vengeance, bien résolu cette fois de ne pas les abandonner.

La présence de Cosmoë ne ralentit pas son ardeur. Il n'ignore pas que les femmes, pendant le jour délaissées, se dispersent dans les forêts les plus voisines. Se mesurer d'ailleurs avec le plus brave de ses rivaux, est un motif de gloire qui redouble son empressement.

Après avoir mûri l'idée qu'il vient de concevoir, une seule crainte l'arrête encore. Il pourrait se trouver parmi ses amis un homme faible à qui son audace semblerait criminelle, et qui sonnerait l'alarme dans la tribu..... Pour éviter ce péril et s'assurer du succès de son entreprise, il choisit les plus éprouvés de ses guerriers, qu'il invite à se réunir autour du foyer paternel.

Ils écoutent leur chef. Fiers d'être seuls dépositaires de son secret, ils brûlent d'impatience; de le seconder. Presque tous lui sont unis par les liens du sang, et l'outrage qu'il a reçu leur est personnel. Ils voudraient partir sur l'heure, et ramener dans la nuit même avec eux la jeune itobare.

« Les bords de la Sanga, disent-ils avec le sourire de la férocité, les bords de la Sanga ne sont pas moins favorables à. la chasse que ceux du Gardel, et le palais de Fétan vaut bien le campement de Cosmoë ».

Le mystère n'avait pas enveloppé leur réunion. Le grand-prêtre, craignant pour lui-même, veillait en tout lieux sur les démarches de

Riamir: plusieurs de ses satellites erraient sans cesse autour de sa demeure. Etonnés de l'agitation extraordinaire qu'ils observent, un d'eux, plus hardi, s'était avancé jusqu'au seuil du palais. Quelques mots avaient suffi pour lui dévoiler le secret qu'il venait épier, et il s'était empressé de retourner au temple pour l'annoncer.

À cette nouvelle, Déli n'hésite plus: il sent que tous les momens sont précieux, et que s'il ne prévient pas le chef de Fétan, il va devenir sa victime.

Orixa reposait: ni les aiguillons de la gloire, ni les désirs de l'amour ne troublaient son sommeil. Certain de succéder à Ditulan, il laissait à Déli le soin de préparer sa grandeur. Eveillé par son ordre, il se rend auprès de lui.

Déli lui apprend les projets de Riamir.

« Ton rival, dit-il, n'a plus de frein: demain il doit enlever Stellina. En avertissant Cosmoë, nous ne faisons que retarder le triomphe du coupable: la mort seule peut l'arrêter.... Que l'on ignore tout, mais que l'audacieux tombe à l'instant même où il se croira vainqueur.... Qu'il tombe,... et que ses amis éperdus voient dans son châtiment le doigt de Brama.....

« L'heure presse. Ecoute.

« De tous nos affidés, Normis est le plus adroit à lancer la flèche: il n'attend que mon ordre, et depuis long-tems il connaît celui qu'il doit frapper.... Pour arriver de Fétan aux rives du Gardel, le sentier tortueux traverse la forêt.... C'est là qu'il doit l'attendre au lever du soleil. — Qu'il échappe, s'il peut, aux regards de tous; mais s'il est découvert, qu'il montre ce signe révéré devant qui s'appaise la fureur, et qu'il annonce hautement que c'est par mon ordre qu'il a frappé le sacrilége »....

En disant ces mots, il détache de son front le bandeau sacré. Orixa le reçoit en tremblant, et court le remettre au ministre du grand-prêtre.

L'assassinat se disposait ainsi dans le sanctuaire de Brama. La guerre civile en même temps venait d'être résolue dans le palais de Riamir; mais un crime plus affreux se préparait dans la grotte de l'itobare...... L'ingratitude amoureuse, enfant hideux de la jouissance et de l'ennui, était née dans l'ame de l'Européan; l'ingratitude,...... plus funeste que la guerre civile et l'assassinat, parce que loin de trancher comme eux d'un seul coup le fil de notre vie, elle se plaît à glisser dans nos veines son poison douloureux, qui lentement circule, chaque jour nous donne mille morts, et ne nous ravit enfin l'existence que lorsque nous n'avons plus la force de souffrir.....

Tous les soirs, en revenant au campement du Gardel, Stellina plus tendre regrettait davantage qu'une longue nuit dût l'éloigner de son époux. Les premiers cris du cor belliqueux ne l'éveillaient jamais, et l'aurore en vain se fût efforcée de la surprendre; elle devançait l'aurore, et pressait, par ses vœux impatiens, l'heure où les accens du cor appelaient dans la forêt les guerriers. De sa tente épiant leur départ, son œil perçant les suivait jusqu'à la fin de la prairie; elle repoussait alors celles de ses compagnes qui voulaient la suivre, et bientôt seule, elle reprenait à pas précipités le sentier qu'elle parcourait tous les soirs avec moins de promptitude et de gaîté.....

Milford ne l'attend plus comme autrefois..... La jouissance, en dissipant le charme de la nouveauté, l'a rendu à lui-même. Nourri dans la mollesse, la terre sur laquelle il repose, et la nourriture froide que lui offrent les cocotiers, ne peuvent plus le satisfaire: il ressent toutes les privations qu'il avait oubliées.... Au souffle du zéphyr, il ne prête plus une oreille attentive, prenant son murmure pour Stellina qui s'approche.... S'il se réveille quelquefois avant son arrivée, ce n'est plus son image enchanteresse qui voltige sur ses paupières; mais l'Europe, le désert de Ceylan, Colombo sont redevenus ses premières pensées. Stellina peut lui procurer de l'or et des diamants. Ce n'est plus la beauté, mais la fortune qu'il adore en elle..... L'esprit mercantile a repris la possession d'un cœur qui lui appartient, et le nom d'épouse ne se mêle pas même aux calculs qui désormais l'occupent tout entier!

Stellina aurait voulu ne pas s'appercevoir du changement de Milford. Elle ne pense pas encore à son inconstance; mais elle le croit malade, et redouble ses caresses pour rappeler sur ses lèvres le sourire. Elle le serre dans ses bras, joue avec les tresses de sa chevelure, lui demande quelles peines l'affligent, et deux larmes se forment et roulent dans ses yeux..... Edouard, ému par l'attrait de sa douleur, éprouve un nouveau desir..... Il se presse sur son beau sein qu'il néglige..... Stellina ne vit que par le plaisir qu'elle lui donne, et reçoit avidement son haleine.....

Un matin, elle le surprit qui dormait profondément. Assise auprès de lui, elle protégeait son repos en attendant son réveil. Soudain le visage d'Edouard s'anime: il s'agite, se tourne en tous les sens, et de ses lèvres s'échappent des mots confus qui désignent le malaise où il se trouve sur le gazon qui lui sert de couche. Stellina, qui le voit souffrir, court aux arbres qui forment la première enceinte, arrache leurs feuilles, qu'elle rassemble dans les plis de sa robe, et les jette dans la grotte, où elle veut en former un lit plus mollissant.... Elle dépouille l'albêtre aux fruits ciselés, et le picas à l'épais ombrage, et le célia succulent: tous les arbustes lui sont égaux, puisqu'ils doivent tous servir au repos de son ami..... Le myrte même, le myrte s'abaisse sous son bras imprudent..... Privée de ses fleurs et de son feuillage, la branche nue se relève, et paraît dire à la jeune femme que son amour lui ressemblera bientôt.

En ouvrant les yeux, Milford voit un lit de verdure parsemé de fleurs diverses. Stellina finissait à peine d'applanir sa riante surface.

« Viens, mon Edouard; ici tu sera mieux ».

Elle lui tend les bras. Il la suit sur l'autel champêtre: une nuit pénible lui ayant laissé le besoin du sommeil, il s'y livre, la tête appuyée sur ses genoux.

Le malaise de l'Européan était bien diminué par des soins aussi doux. Mais la soif de l'or et l'ennui le consumaient; de l'or et Colombo pouvaient seuls lui rendre le bonheur et la santé. Pressé chaque jour par de nouvelles prières, il ne veut pas plus long-tems cacher ses projets à celle qu'il espère séduire. Stellina, avide d'apprendre la cause de ses maux, l'écoute en silence.

« L'amour embellit pour nous cette solitude, mais quel est le sort qui nous attend? Pouvons-nous espérer qu'un mystère impénétrable nous dérobera toujours aux yeux des insulaires? Et si mon existence était connue!.... Je puis à peine fixer mes regards dans l'avenir.

« En vain nous nous étions flattés de pouvoir vivre à Ténor. Ma naissance et mon amour sont deux crimes qui retombent sur toi..... Tous les cœurs, celui même de ton père, te seraient fermés.

« Mes paroles t'affligent, mais c'est à moi maintenant de veiller à ta sûreté. Ce n'est qu'en les prévoyant qu'on peut éviter les malheurs.

« Non, tu ne peux plus vivre auprès de l'itobar. Il faut que tu abandonnes ton père ou ton époux. Le sacrifice est douloureux, mais il est nécessaire. Un jour, il faudrait que l'on découvrît les liens qui nous unissent, et il vaudrait mieux cent fois cette grotte devînt notre tombeau.

« Et comment d'ailleurs vivre ici plus long-tems? Ces fruits ont assouvi ma faim, mais ils ne peuvent point remplacer les alimens salutaires de l'Europe. Les longues insomnies, le désordre de ma tête m'annoncent que la santé s'éloigne, et je sens mes forces diminuer.

« Tu me connais maintenant la cause du chagrin qui m'accable. Ouvre les yeux sur l'abîme, et fuyons à Colombo; de là, nous passerons en Europe, ou tu retrouveras un père aux yeux de qui l'amour et la naissance ne sont point des crimes. Chaque instant peut nous séparer à jamais. Cette enceinte est sacrée; mais l'amour et la jalousie ne connaissent point de barrière insurmontable ».

Edouard à ce discours fait succéder ses caresses. Il l'entretient toute la journée des coutumes aimables de l'Europe, des douceurs de la vie inconnues à Ceylan, de l'empire de la beauté, de la durée de son amour.... La voyant rêveuse et attentive, il saisit ce moment favorable pour lui parler du prix des richesses; il lui apprend comment l'or, dédaigné par les Ténadares, s'échange ailleurs contre toutes les productions de la terre. Elle savait bien que pour ce métal les Portugais traversaient les mers et désolaient l'Indostan, mais elle ignorait que l'on ne pût pas exister en Europe sans en posséder. Tout ce qu'Edouard lui dit redouble son étonnement. Elle lui promet les trésors qu'il desire, ne pense qu'en frémissant à la fuite qu'il propose, et, toutefois, elle renouvelle le serment de ne jamais le quitter. Edouard saisi de crainte l'interrompt. Il croyait entendre dans l'éloignement les pas redoublés d'une troupe nombreuse. Ils écoutent, et ne peuvent plus douter que l'on n'approche de l'enceinte qui les recèle. Le nom de Stellina retentit mille fois dans la forêt, et il semble que la tribu tout entière s'avance en tumulte.

Edouard éperdu se retire dans la grotte. Stellina, qui reconnaît les voix de ses femmes, le rassure d'un geste; et, saisissant son arc, s'élance loin de lui. Elle aperçoit Cosmoë, suivi de tout le campement, dont l'air sinistre paraît la menacer. Tranquille pour elle-même, tremblante pour Milford, elle se resserre à l'entrée de la grotte où elle reste immobile....

Les femmes et les chasseurs l'entourent. Tous les yeux étaient baignés de larmes. Cosmoë lui annonce que *Riamir vient de tomber sous la flèche d'un traître.* « Il vient de tomber sur la rive du Gardel, où il gît inanimé. Ses guerriers poursuivent l'assassin, et nous courons auprès de l'asile que vous avez choisi pendant le jour. Nous vous ramènerons à l'itobar. Le meurtre au bras sanglant parcourt ces funèbres vallées..... Après avoir atteint le chef de Fétan, il vous poursuit peut-être, et nous répondons aux dieux de vos jours ».

Il dit, et ses sanglots attestent sa peine. Cosmoë ne voit dans son rival que le plus brave des guerriers de la tribu.

Stellina, revenue de son premier saisissement, verse des larmes pour l'infortuné Riamir; et prévoyant les troubles que va causer son trépas, elle craint encore pour Edouard. Agitée de mille sentimens contraires, elle ne sait à quoi se résoudre. Mais son incertitude peut amener les périls qu'elle redoute. Elle cède et s'empresse de suivre ses amis, qui se rangent autour d'elle. Cosmoë marche avant tous, et le campement rentre à Ténor en sûreté.

Le trouble et la douleur agitaient toutes les ames. La fatale nouvelle s'était répandue dans les cabanes avec la promptitude de l'éclair. Chaque famille, en pleurant le guerrier généreux, appelait sur le traître la malédiction de Brama. Et le ministre de Brama!... Jouissant du meurtre avec tranquillité, il s'indignait de la faiblesse d'Orixa, trop lâche pour étouffer les remords.

L'itobar désespéré ne se rappelle plus de l'injure qu'il a reçue dans le temple. Il envoie sur le Gardel une troupe de braves pour se joindre aux guerriers de Fétan et presser le retour de Stellina. Ses regards s'arrêtent tour-à-tour sur les rivaux de Riamir. Dans l'horreur qui le presse, il ose même fixer sur le grand-prêtre; mais il réprime soudain sa coupable pensée.

La vue de sa fille adoucit son inquiétude: il l'embrasse plus tendrement, comme si la perte de son ami la lui rendait plus chère, en réunissant toutes ses affections sur sa tête. Serrée contre le sein du vieillard, Stellina se reproche d'avoir pu songer à le fuir: la piété filiale et l'amour se disputaient son cœur... Son silence et son accablement suffiraient pour éveiller les soupçons, si un père pouvait soupçonner son enfant.

Retirée dans sa demeure, la bonne Emora vient la rejoindre: impatiente de sa longue absence, ses questions affectueuses se succèdent. Stellina souffre avec peine sa présence. Autrefois, lorsqu'elle pouvait se déguiser à elle-même son amour sous le nom de la pitié, son amour ne pouvait point la faire rougir, et les conseils de sa mère calmaient ses transports.... Mais aujourd'hui elle n'a plus de mère..... Femme d'un Européan, Ténor n'est plus sa patrie..... Privée des consolations de l'amitié, elle a besoin de se cacher dans la nuit du crime..... Ses yeux se détournent d'Emora, qui respecte sa douleur.

Cependant Cosmoë retourne aux bords du Gardel. Onémo l'accompagne. Ils prodiguent à leur rival les soins les plus généreux. Déli voulait qu'Orixa suivît leur exemple; mais ses prières furent inutiles: il ne put pas lui inspirer la force d'aller sourire à la victime...

Riamir était blessé à la poitrine. Ceux de ses amis qui n'étaient pas à la poursuite de Normis, préparaient à la hâte un lit pour le recevoir..... Des branches dépouillées de leurs feuilles et réunies entre elles sont couvertes par les vêtemens des Bédas. Là, Riamir étendu s'abandonne, la main attachée à la flèche qui le brûle. Près de lui son arc et sa massue reposent..... Quatre guerriers, l'œil sombre et les cheveux épars, lentement le soulèvent..... Le cortège s'achemine..... Onémo et Cosmoë le suivent avec les braves de Ténor.

Le peuple de Fétan couvrait les bords de la Sanga. Les femmes, les enfans, les vieillards pleuraient, en prononçant à voix basse le nom de Riamir: les guerriers fixaient un œil sec sur le cercueil. Mais les pleurs sont moins douloureux que leur attitude, et les rugissemens des monstres sauvages moins terribles que leur silence.

Riamir est déposé dans son palais, d'où quelques guerriers écartent la foule. Le brame, qui possède l'art de guérir les blessures, arrive du temple. Au nom de *brame,* Riamir frémit et retrouve des forces; sa figure devient convulsive.... Il s'élance..... A peine l'initié put-il se soustraire à sa rage.

Cet effort l'avait épuisé. Il retombe plus faible, et prononce avec peine les noms de Stellina et de Ditulan: sa poitrine enflée repousse le sang, qui se presse et rejaillit sur les rouleaux de caros.

Il tend les bras à Cosmoë qui soutient sa tête, à ses amis éplorés, et son regard éteint leur donne le dernier adieu, lorsque l'arrivée de l'itobar et de sa fille, annoncée précipitamment, le ranime.... Il tourne les yeux sur l'itobar, presse la main de Stellina, et rappelant son ame sur ses lèvres, il dit ces dernières paroles:

« Le coup qui m'a frappé vous menace..... Défiez-vous du brame... » Ses forces s'échappent avec ces mots. En vain ses amis s'empressent. Il repousse leurs soins; et frémissant à l'atteinte de la mort, ne pouvant plus supporter le feu qui le consume, il serre sa poitrine, arrache la flèche, et rend le dernier soupir..... La flèche était envenimée...

Stellina et Ditulan s'éloignent. Cosmoë, surpris de ce qu'il vient d'apprendre, entrevoit l'affreuse lumière...... Les gémissemens et les sanglots s'ouvrent un libre cours......

Le lendemain, le cadavre livide fut exposé au seuil du palais. Tous les hommes de la Sanga vinrent contempler pour la dernière fois les traits du brave.

Le bûcher s'élevait au milieu de la place. A l'heure où le soleil achève sa course, tout le peuple arriva. On n'entendait point cette rumeur que produisent les nombreuses assemblées..... Le silence, frère de la mort, étendait son sceptre de plomb sur le village de Fétan.

On approche Riamir sur son lit funèbre. Ses guerriers le précèdent, sa famille éplorée l'entoure...... Le bûcher le reçoit, et la flamme le dévore.

Les Ténadares ne confient jamais le corps des hommes à la terre: ils savent que ce serait les déposer dans le sein de la corruption..... et les abandonner aux reptiles..... Ils laissent aux nations policées cette noble coutume..... Le plus pur des élémens, le feu, dissout leurs restes honorables... La cendre est recueillie par la main tremblante de la veuve ou du fils.... et l'urne simple et chérie repose sous le toit ou sous les voûtes du temple..... C'est là qu'après bien des années le héros, le père ou l'époux reçoivent encore en hommage les regards de l'amitié, les larmes de l'amour et les souvenirs des générations qui se succèdent.

Riamir n'avait qu'un frère, qui poursuivait inutilement l'affidé d'Orixa. — Sidras, le plus proche de ses parents, porte l'urne d'ébène. Après avoir appuyé deux fois ses lèvres sur elle, il se retire avec les chefs, et dépose les cendres de son ami dans le palais, auprès de celles de ses ancêtres.

Telle est la pompe funèbre des insulaires..... Puissé-je un jour être honoré comme eux!.... Oui, je suis forcé d'envier pour ma dernière heure la fin des sauvages de Ténor! Tous les jours je vois mes amis jetés sur des litières que des hommes à gages portent en souriant.... Point de famille autour d'eux.... point de larmes.... point de douleur.... O honte d'un peuple autrefois sensible!.... ô coupable négligence des lois!.... Si nous prenons encore la peine de rendre à la terre les cadavres, ce n'est que pour les cacher à notre vue. L'indifférence et la solitude les accompagnent: nos mains ne savent plus répandre des fleurs sur les tombeaux; et tandis que le luxe qui étouffe les mœurs multiplie l'usage des parfums, nous oublions d'en offrir aux mânes de nos épouses et de nos pères.

Ce crime d'une nation tout entière peut-il appartenir à la liberté? Non, sans doute. La liberté veut des mœurs; mais la soif des richesses nourrit la dépravation, l'égoïsme a besoin de l'immoralité; et souvent aux préjugés vaincus succèdent des préjugés plus honteux......

La nuit était sombre. Le bûcher ne jetait plus qu'une lueur mourante. Assis en rond, les amis de Riamir s'entretenaient de leur perte..... Ils aimaient leur douleur; et loin d'en fuir l'objet, ils attachaient sur le feu presque éteint leurs yeux privés de larmes. — Le jour approchait lorsqu'ils se séparèrent. Cosmoë répéta le serment des guerriers, et tous avec lui promirent de n'avoir point de repos tant que le meurtrier souillerait de sa présence la terre de Ceylan.

Livre septième.

La Fuite.

Il marche appuyé sur elle.

L'ARRIVEE tumultueuse du campement autour de la grotte avait consterné Milford. Il croit à chaque instant que les sauvages vont paraître, et ne voit point d'asile contre leur furie. Son épouse, coupable elle-même à leurs yeux, ne pourra pas le défendre.

Cette crainte occupe tellement son ame qu'il ne s'aperçoit que la bruit a cessé que long-tems après le départ des insulaires.

Délivré du péril le plus prochain, il reprend assez de tranquillité pour penser à ceux qui lui restent à courir. — Peut-être l'Indienne ne reviendra plus. Les regards de la défiance vont s'attacher à tous ses pas. Cette foule qui vient de l'entraîner prouve que les soupçons l'environnent. La jalousie a sans doute éclairé quelqu'un de ses amans de son lugubre flambeau...... Sa constance à passer toutes les journées dans l'enceinte a paru extraordinaire, et l'on veut en connaître la cause. Les bédas, qui cette fois n'ont pas osé violer la grotte de l'itobare, peuvent revenir...... Avant la fin du jour, il peut expirer dans les flammes. . . .

Il se lève, poursuivi par les fantômes qu'il vient de créer: il voudrait à l'instant chercher une retraite plus sûre; mais l'avidité combat sa frayeur. *Si Stellina arrivait dans la nuit chargée de trésors!* ..... Cette idée l'arrête, et il retarde l'exécution de son projet.

Il veilla toute la nuit entre la crainte et l'espérance. — A Ténor, on n'était pas plus tranquille. Le grand-prêtre, entouré de soupçons, ne songeait qu'à détruire tous les indices de son crime.

Les hommes de la Sanga, divisés en plusieurs troupes, poursuivaient Normis. Caliture, frère de Riamir, à peine sorti de l'enfance, guidait la plus nombreuse, et lui inspirait son infatigable fureur: il voulait parcourir les vallons du Mont Argias et les rivages de Colombo.

Au milieu de ces troubles, Stellina ne pouvait point s'éloigner. Elle croyait Edouard à l'abri de tous les périls.

La troisième nuit approchait. Edouard voulait fuir, et remettait toujours sa fuite au lendemain. Il achevait le repas du soir, lorsque la voix des cors, qui résonnent à peu de distance, lui rend toutes ses frayeurs...... C'était le vieux Talahor, le plus féroce des forgerons de Fétan, suivi de quelques amis affligés de leurs vaines recherches; ..... Talahor, dont le poignard et la massue de Riamir attestent l'habileté. — Il s'arrête auprès de l'enceinte, et la désignant d'un bras audacieux, il excite ainsi les siens à la franchir:

« Jamais un Européen n'aurait eu le courage d'attendre dans nos bois le plus redoutable des guerriers. Comment aurait-il sçu qu'il devait ce matin traverser la forêt du Gardel?...... Amis, n'en doutez pas, une main ténadare a lancé la flèche, et ce n'est pas sans raison que les brames veulent nous persuader que le traître est parti de Colombo...... Vous n'avez oublié ni le sacrifice, ni le jour où les voûtes du temple devaient répéter le nom du nouvel itobar...... Caliture poursuit le meurtrier sur les terres des Portugais; et caché peut-être dans nos bois, le meurtrier rit de ses poursuites; ..... peut-être comptant sur le respect qui nous éloigne de ces lieux, *c'est là* qu'il respire. Ces lieux ne sont pas éloignés du Gardel, et ils sont les seuls où nous n'ayons pas porté nos regards...... Amis, suivez-moi: aucun asile ne doit dérober à notre haine cet homme de la tribu...... Fût-il sous la statue de Brama, il appartient à la mort ».

Les sons de cette voix menaçante avaient glacé l'ame de l'Européen. En vain cherche-t-il une pierre pour fermer l'entrée de sa retraite...... Retiré dans le coin le plus obscur, il croit déjà sentir dans son sein la pointe acérée du poignard.

Cependant le vieux cyclope s'avance, et il est surpris de voir tous ses compagnons immobiles. Sidras, Bezel, Wiperon lui reprochent son audace sacrilège. « Si la fille de l'itobar était dans la grotte, quelle serait ton excuse?» — Ce peu de mots suffit, et l'opinion populaire arrête les amis de Talahor; ..... l'opinion populaire, ... plus puissante que les portes d'airain.

Ainsi, lorsque tout un peuple enivré des premières vapeurs de la liberté environnait le jardin superbe du dernier de ses rois, rien ne pouvait le retenir...... Soudain ses magistrats paraissent: ils entourent le palais d'un ruban qui pouvait à peine résister au zéphyr; mais la force magique de l'opinion rendait cette frêle barrière insurmontable.... Plus fort que les gardes et les remparts, le fil arrêta les flots tumultueux.

Edouard écoute, se lève, et peut croire à peine au bonheur qui le dérobe au trépas. Renonçant à toutes ses espérances, il quitte la grotte et s'enfonce dans la forêt. Il regrette l'or que lui avait promis son épouse, et redoute la clarté du jour qui peut l'exposer aux regards des sauvages.

Il sait que le Gardel va se jeter dans la mer près de Colombo, et il suit son cours avec rapidité. L'imprudent croit que tout dort dans les ténèbres; il ignore que la vengeance ne sommeille pas.....

Le jeune Caliture traversait tristement la plaine. Il avait laissé derrière lui le mont Argias, et il marchait en silence, espérant recevoir le dernier soupir de son frère. Il croit entendre sur l'autre bord le sifflement des cailloux qui glissent sous des pas mal assurés...... Sa main, élevée en signe de surprise, suspend les pas de ses guerriers. À cette heure, les bêtes féroces reposent dans leurs cavernes. Cependant le bruit redouble. — Seul, il avance sur la rive...... La tête élevée au-dessus des arbrisseaux, il veut percer l'obscurité profonde qui couvre la nature..... Il lui semble appercevoir un vêtement rouge. — Craignant que ce but précieux ne lui échappe, il bande son arc sans se détourner, se penche sur le fleuve, lance la flèche, et la suit d'un regard inquiet.

Edouard, harassé de fatigue, se traînait sur ces bords inconnus. Il venait au-devant du coup invisible qui l'atteint dans le bras, et lui arrache un cri prolongé......

Caliture reconnaît la voix de l'Européen..... À ce cri, plus odieux que celui du tigre, il répond par d'affreux rugissemens, se précipite dans les flots, lutte contre eux, et s'élance sur le rivage...

Mais il ne voit plus rien, n'entend rien. En passant le fleuve, il a perdu la nuance incertaine. Ses amis font voler au hasard une nuée de traits inutiles. Ne doutant point que leur proie n'ait fui vers Colombo, ils retournent sur leurs pas, s'étendent au loin sur les côtés du Gardel, et suivent tous ses détours.

Milford, après avoir fait quelques pas, était tombé sur la terre, où sa faiblesse le tenait immobile. — L'épaisseur de la nuit l'avait dérobé à tous les regards. Le sang ruisselait de sa blessure.

Emportés par leur aveugle fureur, les hommes de Fétan se retrouvent au pied du mont Argias: ils se réunissent et se pressent autour de leur chef.

« Le traître, leur dit-il, nous a échappé: il va recevoir à Colombo le prix de la tête de mon frère...

« En retournant près de lui, nous le trouverons mourant. Il nous demandera s'il est vengé...... Quelle sera notre réponse?..

« Non: retourne qui veut à Fétan; moi, je reste, et je cours chercher des victimes.. Le premier fort de nos ennemis est sur cette montagne...... Ses gardes avancées sont près de nous...... Je veux me baigner dans leur sang et reparaître sans déshonneur sur les bords de la Sanga...... Les ténèbres, qui tantôt nous ont trahis, maintenant nous favorisent. L'itobar, appesanti par l'âge, nous retient dans une paix honteuse. Les coups que nous allons porter seront le signal de la guerre...... Nous immolerons nos assassins sur les ruines de Corli; et si nous périssons, nos cendres du moins se mêleront à celles de nos aïeux, éparses dans la plaine de Malvana ».

Les guerriers sont émus comme s'ils entendaient la voix même de Riamir; ce sont ses terribles accens et ses regards mortifères. Ils veulent tous suivre leur jeune chef, et il est forcé de désigner celui qui doit aller répandre l'alarme dans la tribu. — Hacmar est choisi. Il obéit avec peine; et en peu d'instans il arrive à Ténor.

L'itobar était auprès de Stellina. Effrayé de la tristesse inconnue qui empoisonne les jours du seul enfant qui lui reste, il s'efforçait d'adoucir des peines. — On lui annonce un messager. L'heure de son arrivée ne laissant aucun doute sur l'importance de son voyage, il n'hésite pas à le recevoir.

Hacmar est introduit. Il retrace la rencontre du Portugais blessé, sa fuite, et la résolution de Caliture. « Peut-être les ennemis épars dans les montagnes veulent tenter une nouvelle attaque; ils marchent peut-être dans les ténèbres ».

L'itobar apprend avec joie qu'un Européan est l'assassin de Riamir. — Les soupçons répandus sur le brame le pénétraient d'horreur et lui faisaient craindre les maux les plus affreux. La guerre lui paraît moins redoutable. — Il se rappelle encore les dernières paroles proférées par la victime, mais il les regarde comme la plainte d'un homme que la raison vient d'abandonner. Il s'empresse d'envoyer Hacmar à Fétan, pour éclairer ses compagnons et rappeler leur confiance.

Dix jeunes guerriers, connus sous le nom d'*hoas*, veillaient sans cesse dans le palais. Ditulan les appelle auprès de lui. Quelques-uns, après avoir reçu son ordre, se dispersent et font allumer des feux sur la colline: d'autres précèdent l'itobar, qui marche vers le temple. Pour dissiper l'orage, il veut consulter le grand-prêtre et les dieux.

Stellina, restée seule, peut enfin s'abandonner aux mouvemens de son ame...... Pendant le récit d'Hacmar, la pâleur était sur ses lèvres, et une sueur froide sillonnait son front. Un Portugais blessé!...... un vêtement rouge!...... un cri plaintif!...... tout rassure que c'est son époux. S'il est tombé sous la flèche, le jour va le livrer aux hommes de la Sanga. S'il a pu fuir, il est à jamais séparé d'elle...

Des larmes inondent son visage...... Elle s'indigne de ses larmes, et se sent embrasée d'un sentiment sublime qui l'élève au-dessus de son sexe. Elle veut sauver son époux, ou périr en le défendant. Toutes ses affections se confondent dans son amour: son père, la vie, l'honneur n'offrent à son esprit que de faibles obstacles, pareils aux roseaux que le torrent déracine, balance et entraîne dans son cours. Tous les momens sont précieux. Déjà la grande pierre du temple a frappé la neuvième heure...... Elle s'arme, s'enveloppe d'une natte grossière et vole sur les bords du Gardel.

Après avoir quelque tems suivi le fleuve, elle se trouve dans une étroite vallée qu'il partage et où le sol est pierreux et stérile. Le récit d'Hacmar a indiqué cet endroit...... Elle passe sur la rive opposée, rallentit sa course et porte en vain ses regards autour d'elle...... Rien d'éclatant ne rompt la triste uniformité de la nuit.

Toutefois un courage inespéré la soutient. Sil est sur ces bords, ses cris peuvent lui annoncer la présence de son épouse...... Mais ses cris peuvent aussi frapper l'oreille de quelques insulaires...... Cette idée ne peut point la retenir. Elle se rassure, et sa voix aiguë demande et redemande Edouard à la vallée.

Le jeune homme avait repris connaissance; la douleur était devenue moins violente; il avait eu la force de se relever. Abîmé dans son désespoir, ne sachant où porter ses pas, il était résolu de retourner à la grotte pour y attendre la mort. Au premier son d'Edouard que lui renvoient les échos, il frémit, s'arrête et prête l'oreille...... Son nom frappe de nouveau les airs; il retentit plusieurs fois de suite...... C'est...... il ne peut plus douter...... c'est la voix de Stellina.

Rappelé à la vie, son mal ne l'importune plus. Il approche...... appelle son épouse, ... l'entend, ... l'appelle encore, ... et se sent pressé sur son sein. — Elle ne s'occupe que de sa blessure, l'arrose de ses pleurs; et après avoir déchiré une partie de la toile dont elle est revêtue, elle enveloppe le bras, arrête le sang et tranquillise son ami. — Le trait n'avait percé que la surface.

« Viens, lui dit-elle, je serai ton guide et ton soutien. Nous ne pouvons pas suivre cette route plus long-tems. On croit que tu as fui vers Colombo. Les feux qui s'allument de toutes parts annoncent le réveil de la tribu. — Ces bords dans peu seront couverts d'ennemis furieux. — Il n'est pour nous de salut que dans les montagnes. — Le pic d'Adam nous offre un asile. Ses vallées sont désertes: elles nous cacheront pendant le jour, et nous pourrons dans la nuit arriver sur les premières terres de Colombo, en mettant le mont Argias entre nous et nos ennemis. — Viens mon

Edouard; tu n'as point d'armes, mais ces flèches seront ta défense »......

Stellina approche ses joues brûlantes des lèvres du jeune homme attendri, qui marche appuyé sur elle.

Ils traversent les campagnes de Suffregam, les bois de Corvitte, gravissent au point du jour les innombrables collines d'Opénaca, et se trouvent au pied du pic quelques heures après le lever du soleil.

Au lever du soleil, l'itobar était encore enfermé dans le temple. Asservi sous le joug de l'habitude, il n'était point capable de se conduire par lui-même. Il sentait bien que l'aveugle fureur du frère de Riamir allait rompre la paix; toutefois il n'eut pas osé le rappeler. Mais le grand-prêtre craignait une attaque imprévue...... Habile à persuader, il excite par ces mots la lenteur du vieillard:

« Les destinées de Ténor dépendraient ainsi d'un jeune homme?...... Et nous serions demain enveloppés dans une guerre nouvelle? où sont nos préparatifs, quelle est notre espérance? Prendrons-nous leurs forts avec nos massues, et nos flèches arrêteront-elles l'explosion de leur foudre?...... Avez-vous oublié que l'itobar de Candy prépare en silence la ruine de ces tyrants redoutables?...... Un autre peuple d'outre-mer est déjà établi dans la baie de Trinquemale. Ce peuple est ami du raddasinga. Il déteste nos usurpateurs, qu'il a offert de chasser de Colombo. Dans quelques jours les tribus de Maturé, de Taffana, de Patan doivent se réunir à Candy pour jurer avec les Hollandais une paix inviolable. Vous avez désigné le sage Onémo pour s'y rendre en votre nom...... Des vaisseaux chargés d'armes à feu flottent déjà sur les rivages de Dos-Arcos, et par votre faiblesse, vous commenceriez l'attaque avant le signal!...... Prince, il faut laisser à nos ennemis un long calme et une profonde sécurité...... Alors nous les frapperons sûrement, le brave Riamir sera vengé, et vous rentrerez à Colombo sur la terre de vos ancêtres ».

Ditulan ne balance plus. Il ordonne à un hoas ministre de ses volontés d'aller vers Caliture. — Déli, qui craint le caractère impétueux du jeune homme, confie au chef Onémo le soin de le ramener, et de suspendre sa fureur.

L'hoas et Onémos s'éloignent de Ténor. L'itobar envoie sur tous les points des troupes de guerriers, chargés de parcourir les forêts jusqu'aux ruines de Corli, afin d'observer tous les mouvemens des Portugais.

Ces troupes bruyantes peuplèrent bientôt les forêts d'Argias et de Galkisse sur le bord de la mer: mais à leur droite Edouard et Stellina avaient pénétré dans l'intérieur de l'île. Hors de leur atteinte, ils étaient assis sur la colline de Movéa, où le paradigge et le jombos étalent leurs fruits succulens. Du milieu de ces arbres peux élevés s'élancent le vellas et le jack, dont la tête verdâtre est hérissée d'épines: d'autres arbres portent des pommes qui par le jus et la saveur, ressemblent à l'ananas. Le bas du monticule est couvert de petits cocotiers, que l'on préfère à tous les autres pour fabriquer l'étoffe de caros. — Les neiges qui couvrent les pointes les moins hautes du pic se fondent aux rayons du soleil, et mille rigoles fugitives serpentent sur le penchant de la colline, et vont toutes accroître les eaux du torrent qui roule au fond de la vallée.

Dans un clin d'œil la jeune Indienne apprête le repas. Edouard reçoit de ses mains la pomme champêtre qu'il ne connaissait point encore; il en savoure le fruit délicieux.

La douleur de son bras était apaisée, mais le bois de la flèche gênait tous ses mouvemens. Stellina cherche l'ellère à la feuille large, luisante et pointue, dont souvent elle admira l'effet balsamique, et qui naît auprès de ruisseaux. Joyeuse, elle montre à son ami la plante salutaire, déroule la toile ensanglantée; et, sentant la flèche qui cède sous ses doigts, elle la retire avec promptitude...... Edouard pousse un cri, mais la souffrance a disparu avec le trait. Il serre la main qui le soulage, et fixe sur son épouse des yeux où se peint la sensibilité...... Après avoir osé sur la blessure deux feuilles d'ellère, elle annonce à Milford une prompte guérison.

Ces lieux étaient trop exposés pour y attendre la nuit. On voyait dans le lointain Ténor qui domine sur les forêts, et le Gardel qui les traverse et, par intervalles, s'échappe dans la plaine. Pour reposer loin de l'atteinte et de la vue des bédas, il fallait tourner le pic vers le nord, et passer plusieurs gorges formées par les penchans des collines qui se croisent de cent manières Stellina encourage le jeune homme, et le résoud à de nouvelles fatigues qui commencent et se prolongent jusqu'au milieu du jour.

Ils arrivent enfin sur le vallon de Ganao, que l'on nomme l'épaule du pic, et qui soutient le sommet de la montagne. Les vents ne quittent jamais ce vallon: les remparts de glace qui l'entourent ne s'abaissent qu'auprès des gorges; le lac de Valgam en est couvert et on ne saurait de quel côté il se trouve, sans le mugissement de la rivière de Mawelongue qui naît dans son sein, se précipite en cascade vers le midi, et poursuit sa course majestueuse jusqu'à la baie de Trinquemale, où elle marie ses flots aux vagues de l'Océan.

Dans la plaine qui borde le lac, la neige fondue laissé voir la prairie. Réchauffée par les rayons du soleil, l'herbe flétrie se relève; mais elle n'offre plus qu'un tapis jaune et sans fraîcheur! — Ainsi, lorsque les glaçons de la vieillesse se sont appesanties sur nous, si la volupté veut encore charmer nos derniers jours, elle ne trouve plus dans notre ame le même feu, ni le même coloris sur nos traits. Etonnée de son impuissance, elle nous agité, et nos sens épuisés peuvent à peine saisir son ombre fugitive. — Les lois des saisons sont immuables. — O vous, que le printems anime encore, la vie n'est que le plaisir, ... et l'heure qui fuit ne revient plus!

Edouard observe à l'extrémité de la plaine une cabane ruinée, dont la teinte relève la blancheur de la neige: il tremble à cette vue, et son geste indique à la fois la cabane et sa frayeur. Son amie le rassure. Joyeuse de la découverte, elle sait que les bédas passent quelquefois la nuit sur ces montagnes, et c'est là sans doute que les derniers chasseurs se sont reposés...... L'asile du chasseur et la caverne du tigre sont les seuls habitations éparses dans les vallons du pic.

Le jeune homme suit son guide. — Quelques arbres à pain et des branches entrelacées forment la cabane: les larges feuilles du pandang lui servent de couverture. Le toît commençait à s'affaisser sous le poids de la neige; mais l'ardeur du soleil en le dégageant, lui avait rendu sa couleur d'un vert sombre. Il pouvait abriter Milford et protéger son repos..... Cette idée rend la hutte précieuse à Stellina, qui s'empresse de couvrir le sol de feuilles les moins humides, et veille auprès de son époux.

Il est en sûreté,... il repose..... Elle jouit de son ouvrage. C'est alors qu'elle se rappelle son père... Ses larmes se pressent: elle voit le vieillard éperdu qui l'appelle à grands cris... Elle cherche des yeux la colline de Ténor.

Ténor ne paraissait plus: il se trouvait derrière le pic et les pitons et les nuages confondus élevaient, abaissaient une effrayante barrière... Elle cherche en vain: ses regards ne rencontrent que des lieux inconnus. Tout le pays qui s'étend vers le nord est le royaume de Candy, que la rivière de Mawelongue traverse dans sa longueur. Une échappée de vue offre la profonde baie de Dos-Arcos, où se jettent plusieurs fleuves, et qui par sa tranquillité contraste avec la haute mer, où les flots se brisent sur des bancs de rochers.

L'Indienne observe l'espace qui la sépare de Colombo. De ce côté, la descente du pic est moins rude: des collines d'une pente douce, des plaines revêtues d'un brun pâle, des forêts d'une teinte plus brillante se succèdent jusqu'au rivage, où la ville s'élève presque entourée par l'Océan.

La pointe de Mandakinde, les montages de cristal et de la pagode, celle de Torwite dont la cime recourbée semble se séparer de la base, et que des laves grisàtres et un sable de fer couvrent dans son entier; ..... rien ne pouvait arrèter les regards de Stellina, qui se reportaient sans cesse à Colombo, dont l'aspect excitait dans son ame le trouble et la douleur. — La paisible obscurité du crépuscule enveloppait déjà le paysage. — Devenue la proie des regrets, elle ne put point fermer la paupière.

Le sommeil avait rendu toutes ses forces à Milford, et lui avait offert l'ombre des richesses qu'il avait espéré si long-tems. — Réveillé par cette image trompeuse, l'idée de sa pauvreté remplit son cœur d'amertume… Tour-à-tour lâche et avide, le malheur qui l'avait anéanti faisait toujours place au desir impétueux… Ses lèvres séchées par la soif de l'or sont insensibles aux caresses de son épouse, et il l'accuse avec humeur de n'avoir pas tenu sa promesse. Elle lui retrace sa promptitude à voler à son secours à l'instant où le récit d'Hacmar l'avait effrayée.

« Lorsque chaque moment pouvait causer ta mort et la mienne, pouvais-je m'arrèter? Mon ami, chasse le chagrin qui couvre ton front. Les dieux et l'amour ne nous ont pas dérobé à tous les périls pour nous abandonner. Tu es ma richesse,… je suis la tienne,…. et bientôt peut-être un enfant qui te ressemblera, viendra double notre bonheur ».

« Il doublera notre misère, répond le marchand, comme vous oubliez déjà la mienne ».

Stellina pâlit à ce reproche… Son visage se couvre de larmes. Des idées nouvelles viennent l'assaillir. Edouard sans elle a quitté la grotte pour s'éloigner: ce n'est qu'à sa blessure qu'elle doit encore sa présence… Il pourrait devenir ingrat!...

Ses pleurs rappellent Edouard à lui-même. Soit calcul ou sensibilité, il s'attendrit et console son amante, qui bientôt serrée dans ses bras, perd de vue le nuage qui vient d'obscurcir l'horizon.

A l'entrée de la nuit, le couple quitte la cabane du lac, et descend le vallon de Ganao, du côté du midi.

Cependant le sage Onémo et son compagnon arrivent au mont Argias. Le fort s'élévait sur le dos de la montagne. Toute la nuit Caliture avait erré autour de ses remparts, épiant le premier soldat qui s'offrirait à ses coups. Mais les remparts avaient été déserts. Les Portugis, sans défiance et sans discipline, ne laissaient point de garde pendant la nuit. Caliture, trompé dans sa vengeance, sent

redoubler sa fureur; et, malgré le jour, qui l'expose au feu des ennemis, il ne s'éloigne qu'à regret de ces murs. Tel, au milieu des ténèbres et de la neige, le loup affamé s'approche des lieux habités; il attend sa proie, et ses dents aiguës s'agitent d'impatience.....
Tout-à-coup les villageois armés paraissent: les brandons allumés éclairent la campagne; et le monstre, obligé de fuir, frémit et tourne en fuyant ses regards sinistres vers l'habitation qu'il n'a pu surprendre.

Tel Caliture rentre dans la forêt. A la vue de l'hoas, il s'arrête, et il écoute en silence l'ordre de l'itobar. Onémo, qui prévoit sa réponse, le serre dans ses bras, et la persuasion coule ainsi de ses lèvres:

« Tu n'as pas encore baigné de tes pleurs l'urne funéraire... Suivi d'une foule de braves, tu veux frapper de loin un ennemi sans défiance; comme si la vengeance pouvait excuser l'assassinat... La vengeance! ... tous nous la voulons. Ditulan, Cosmoë les brames, les vieillards, tous la demandent; mais ils la veulent terrible et sans infamie... Ce n'est pas le sang d'un soldat ignoré, mais celui de tous les chefs de Colombo qu'il faut offrir aux manes de Riamir. Ce n'est pas un Européan, mais mille Européans qu'il faut à notre rage ».

« Alors il entraîne Caliture. Dans leur entretien solitaire, il lui relire la ligue de Trinquemale, et lui annonce que dans peu de jours, il doit partir pour Candy, et que bientôt les peuples d'Europe seront détruits l'un par l'autre. — Le jeune homme le suit dans tous les détails de la conjuration ourdie contre ceux qu'il croit les assassins de son frère: il tressaillit d'impatience, et rejoint ses guerriers surpris de la joie féroce qui brille sur son front.

Il s'incline devant l'hoas en signe d'obéissance, et ordonne le départ pour Fétan. L'hoas retourne auprès de l'itobar, et Onémo accompagne son ami, qui ne se lasse point de l'entendre.

Ils arrivent sur les bords de la Sanga sans que le moindre bruit et la vue d'aucun homme aient frappé leurs oreilles ni leurs yeux. — On eût dit que Fétan était désert.

Caliture verse des larmes sur les rouleaux de caros encore imbibés du sang fraternel. Il s'achemine vers le bûcher, comme s'il pouvait seul renouveller la pompe funèbre.... Puis il presse de ses lèvres les restes de Riamir.

Le sage de Ténor le laisse à sa douleur, et il admire les regrets de tout un peuple à la mort d'un chef bien aimé. Le deuil est dans toutes les cabanes, sur toutes les figures: c'est un père que chaque famille a perdu. On n'entend point les éclats bruyans d'un faux désespoir; mais, au milieu du jour, le repos nocturne semble appesanti sur le village.

Cependant l'arrivée du jeune chef n'est plus un secret. Cette nouvelle se propage lentement sous les toîts de palmier. Les Fétanais se réunissent auprès de Caliture. Sidras et Talahor lui présentent l'arc et la massue de son frère.

En saisissant d'une main hardie ces armes terribles, signes révérés du pouvoir, il prononce le serment que tous répètent encore après lui, et il part avec Onémo pour Ténor, où le chef de la tribu doit confirmer le rang qu'il vient de recevoir.

Au bout de la plaine, ils aperçoivent un insulaire dont la démarche précipitée les étonne. Onémo le reconnaît pour un affidé du père de Stellina. Il s'avance pressentant quelque nouveau malheur. Les premières paroles de l'hoas confirment ces pressentimens.

« La fille de l'itobar, s'écrie-t-il, a disparu. Nous avons inutilement porté nos pas jusque dans la grotte des femmes. On craint que les Portugais ne l'aient enlevée ».

Les deux chefs, à ce récit, demeurent immobiles; mais, ne pouvant croire ce qu'ils viennent d'apprendre, ils se hâtent d'atteindre la colline.

Ditulan se plaignait de l'absence de sa fille. La vieille Emora, qui partageait sa douleur, ne pouvait point l'adoucir. Toutes les femmes de la tribu pleuraient aussi leur bien-aimée. Peut-être s'est-elle égarée au milieu des forêts lointaines.... On ordonne de nouvelles recherches, et cent jeunes Bédas se répandent sur les rivages et les montagnes.

Le grand-brame, frappe d'un coup aussi imprévu, regrettait la suprême puissance qu'il espérait obtenir par l'hymen d'Orixa. Délivré du redoutable Riamir, il croyait avoir asservi l'esprit timide de la jeune fille. Sa perte romprait la trame qu'il avait ourdie. Dès qu'elle reparaîtra, il veut que l'union désirée s'accomplisse.

Vains projets! Stellina ne devait plus paraître à Ténor... Les jours s'écoulent. Les messagers reviennent sans aucune nouvelle. On ne doute plus alors qu'elle ne soit au pouvoir des Portugais.

Déli sent que la guerre est inévitable; mais une seule tribu ne peut pas la commencer... En pressant les secours des Hollandais tardifs, il peut retrouver sa proie dans les murs mêmes de olombo, et ressaisir le sceptre qui lui échappe... Le prêtre était loin de soupçonner que l'amour eût depuis long-tems disposé de Stellina contre son voeu... L'amour, plus habile que l'ambition, seconde quelquefois ses plans, et se plaît quelquefois à les déconcerter.

Les chefs sont convoqués dans le temple. —Cosmoë bouillant de fureur, Caliture avide de carnage, les vieillards mêmes demandent la guerre à cris redoublés. Déli, taciturne et rêveur, assis à côté du prince, dirige le conseil tumultueux. Après avoir laissé un libre cours aux imprécations, il parle au nom de l'itobar, qui l'approuve par son silence.

« Amis, préparez-vous à la guerre; elle est juste, et les dieux pruniront les assassins et les ravisseurs.

« Mais réjouissez-vous: mes soins ont soulevé contre eux toutes les tribus de Ceylan. Le grand chef et le raddasinga seront ici dans peu de jours, et leur guerriers innombrables couvriront la colline et la vallée. Avec eux viendront des hommes d'outre-mer qui aiment la justice, respectent Brama et embrassent notre cause contre les Portugais; ils viendront avec les armes d'Europe; et nous aussi nous aurons la foudre qui détruit et consume.

« Ils sont prêts et n'attendent que le signal.

« Le sage Onémo va partir pour Dos-Arcos. Dès qu'il sera de retour, nous et nos alliés nous tomberons sur le rivage comme le feu du ciel.

« Que les femmes et les enfans préparent les sagous pour la nourriture des braves, et que le courage aujourd'hui cède à la prudence… Aujourd'hui toute entreprise ressemblerait au fruit qui n'a pas atteint sa maturité… Il remplit d'amertume la bouche de l'imprudent qui le dévore.

« Tout nous assure le succès, et Brama bénira ses enfans.

« Mais notre triomphe pourrait devenir fatal à Stellina. Si elle ne périt point sous les ruines de Colombo, ses ravisseurs fugitifs peuvent l'entraîner en Europe… Amis, il faut l'obtenir par la douceur et la venger ensuite par la violence.

« L'or appuiera nos prières, et les Portugais nous la rendront. Demain le généreux Cosmoë, deux vieillards et deux brames iront leur offrir en échange une partie des pierres éblouissantes dont les colonnes du temple étincellent.

« Ce message de paix sauvera la fille chérie de la tribu, et notre attitude suppliante endormira les tigres sur le bord de l'abîme.

« Telle est la volonté de l'itobar et des dieux ».

Ces mots réunissent tous les avis. Le lendemain le sage Onémo et Cosmoë, chargé de la rançon de son amante, prennent les routes opposées. — Les guerriers de Ténor apprêtent les flèches et les massues. — La multitude abat les sagous dont la moëlle farineuse offre un aliment salutaire, et le grand-prêtre se flatte de revoir bientôt Stellina, de recueillir par son hymen le fruit de son crime, et de régner sur les bédas rétablis dans leurs antiques foyers.

Livre huitième.

L'Ingratitude.

Ami, votre choix est libre.

LE vice-roi de Ceylan ne prévoyait pas l'orage. Tranquille dans sa capitale, il jouissait d'un calme heureux. Plus de trois mille fantassins dans les murs de Colombo, un nombre égal répandu dans les autres comptoirs, assuraient depuis vingt années la domination des Portugais, qui s'étaient montrés d'abord comme de paisibles marchands. Les Indiens les reçurent avec leur bonne foi ordinaire. Mais bientôt, maîtres de plusieurs postes avantageux, ils levèrent le masque; et, fiers de la puissance artificielle de leurs armes, ils portèrent l'audace jusqu'à imposer d'énormes tributs à ceux qui leur avaient donné l'hospitalité.

Le vieux Fuentes était leur chef au moment de la conquête. Vieilli dans le métier de la guerre, son âme était aussi endurcie aux pleurs des hommes que son corps aux fatigues des camps: il promena le glaive d'un point de l'île à l'autre, et n'épargna rien pour amasser des trésors; mais, dans une incursion à Négombo, il reçut la mort qu'il avait donnée tant de fois. La cour de Lisbonne, satisfaite de ses succès, nomma son fils pour le remplacer.

Cet événement répandit l'alégresse dans l'ame des Indiens, et leur inspira le desir de secouer le joug honteux qu'on leur avait imposé. Le roi de Candy laissa le premier éclater la haine qu'il dévorait depuis long-tems; et les agens de la compagnie de Hollande, qui épiaient le moment d'arracher aux Portugais leur conquête, profitèrent de leurs fautes: ils offrirent au roi de Candy de riches présens au nom de leur république, se déclarèrent ses amis et ses protecteurs; et lorsqu'ils lui demandèrent son consentement pour bâtir une forteresse dans la baie de Trinquemale ou de Dos-Arcos, l'itobar leur répondit:

« Assurez vos états de mon amitié: dites-leur que je consens à tout, et que s'il le fallait, moi, mes femmes, mes enfans et ma cour nous porterions au rivage les pierres et les bois nécessaires à la construction ».

Le jeune Fuentes ressemblait peu à son père. Elevé dans le sein d'une famille illustre, son coeur et son esprit s'étaient formés avec un égal succès: son éducation s'était perfectionnée à la cour de Portugal, où brillaient alors les lumières et la galanterie; les basses passions n'avaient point de prise sur son âme embrasée du double amour de la gloire et des femmes. Il s'était promis, en partant de Lisbonne, de se faire chérir des Indiens, et de réunir dans son gouvernement toutes les jouissances du luxe et de la paix.

A son arrivée, il trouva les Hollandais établis dans l'île, et toutes les tribus révoltées. Les richesses dont il hérita le surprirent: il vit bien qu'elles étaient la cause des troubles, et il résolut de les faire servir à les étouffer.

La garnison de Colombo était mécontente: les officiers avaient vu toutes les richesses des insulaires passer dans les mains de leur chef. Le nouveau vice-roi, par ses largesses, ramena tous les coeurs. Il dispersa les renforts venus avec lui dans les comptoirs voisins des Singales, où il fallait plus d'exactitude et de prudence. Après avoir tout préparé selon ses desseins, il se mit à la tête d'une petite armée dont la confiance était sans bornes; et paraissant tout-à-coup dans la baie de Trinquemale, il déconcerta les Hollandais, offrit une nouvelle alliance au roi de Candy, et tour-à-tour sévère et affable, il remit tout dans l'ordre accoutumé.

Les Ténadares, plus hardis, étaient plus redoutables. Il les repoussa jusqu'au mont Argias, où il bâtit une forteresse, les poursuivit jusque dans leurs retraites; et lorsque les Indiens vaincus ne purent plus douter de sa puissance, il avoua les torts de sa nation, diminua les tributs trop onéreux, et se montra aussi juste dans la paix que terrible dans la guerre.

Sa conduite eût apaisé toutes les haines, sans les Hollandais, dont l'adroite politique sut les entretenir..... Depuis trois ans, ils préparaient une ligue formidable, et leurs pas étaient enveloppés d'un profond mystère.

Fuentes, content du bien qu'il avait opéré, vivait dans le sein des plaisirs: la gaîté, la mollesse régnaient avec lui dans l'enceinte de Colombo. Ses officiers, appelés à partager ses amusemens, le chérissaient, et s'abandonnaient, à son exemple, à la douce ivresse de la volupté.

Le comte Arpos, qui était sans contredit le plus dissipé de tous, avait quitté Lisbonne dans l'espérance de rétablir sa fortune ruinée dans les jeux et la débauche. S'enrichir afin de pouvoir satisfaire tous ses goûts, et dépouiller les Indiens pour s'enrichir, ses voeux ne tendaient qu'à ce but.

Ses défauts étaient rachetés par un courage chevaleresque, et par l'ancienne amitié qui l'unissait à la famille de Fuentes; il l'avait connu lui-même en Portugal, où il avait su l'apprécier: flexible comme le lierre, habile à s'élever en rampant, il était parvenu à captiver son cœur.

Le courtisan aimait les beaux arts autant que le vice-roi: il devint leur protecteur par goût comme par politique. Il dirigeait les travaux des artistes que Fuentes avait amenés de Portugal, mais que ses occupations quelquefois lui faisaient perdre de vue. Les soins du comte excitaient l'émulation des talens. La colonie, qui n'était composée d'abord que de soldats et de marchands, s'avançait à grands pas vers la civilisation. L'imprimerie répandait les lumières, les ateliers où respiraient le marbre et la toile se peuplaient d'élèves. Dans les concerts mélodieux les voix séduisantes des cantatrices d'Europe enivraient les enfans de Plutus et de Bellone, et ces prêtresses d'Apollon desservaient aussi les autels de Cythérée….

Tant de nouvelles jouissances ne firent qu'accroître la soif de l'or, et le commerce prospéra par les beaux arts. Tous les ans, des convois immenses portaient à Lisbonne les productions de l'Inde, et ils rapportaient des objets de luxe et de munitions de guerre, des artistes et des soldats.

Une ville populeuse et florissante s'élevait ainsi au milieu des sauvages de Taprobane. Tel dans les plaines de l'Afrique un dattier s'élève seul et majestueux; la verdure de ses rameaux, l'éclat de ses fruits contraste avec la teinte roussâtre du sable enflammé qui l'entoure.

Les habitans de Colombo attendaient avec impatience l'anniversaire de la naissance du vice-roi. La fin du mois d'Auguste approchait. Le comte Arpos n'avait rien oublié de ce qui pouvait plaire à son ami. Semblable à la nouvelle épouse au moment de ses noces, la capitale devait étaler dans ce jour tout ce qu'elle possédait d'agrémens et de beautés.

Les Ténadares étaient loin de croire les Portugais occupés des apprêts d'une fête…. eux qui dans ce même moment les accusaient du meurtre de Riamir et de l'enlèvement de Stellina!......

Fuentes, sans se douter des malheurs qu'on lui attribue, s'abandonne aux témoignages d'amour qui lui sont prodigués de toutes parts. Le lever de l'aurore est annoncé par les bouches d'airain, dont la voix terrible fait gémir les échos, et porte la frayeur dans l'ame des deux fugitifs, qui s'approchaient de Colombo. Le peuple entoure le palais de Portugal; l'or qui pleut de tous les balcons excite son alégresse. Les magistrats, les officiers paraissent au lever du vice-roi, qui accepte en souriant les fleurs et les fruits, les complimens et les harangues.

Le roulement des tambours annonce que les vainqueurs du Bengale vont commencer leurs savantes manœuvres. La cour se rend sur la place du Coromandel, où les troupes déploient tout l'art de la tactique. Ses chefs s'avancent auprès du trône de Fuentes, pour prêter hommage au monarque qu'il représente. Les drapeaux s'agitent et, le serment de fidélité se mêle aux acclamations de la multitude.

Au milieu de la journée, les officiers se réunissent au palais, où des tables somptueuses étaient couvertes des mets du pays. La discipline et l'orgueil restent à la porte, les rangs disparaissent, et la douce égalité préside au festin.

Les richesses distribuées aux troupes et au peuple répandent par-tout l'abondance et la joie.

Mais le bonheur ne réside pas dans les nombreuses réunions…… A l'entrée de la nuit les convives se dispersent; l'amour guide les jeunes gens auprès de leurs maîtresses, et les vieillards s'entretiennent des exploits de leur printemps.

Fuentes échappe aux importuns pour se rendre chez son ami, qui ne rougissait pas d'être le ministre et le confident de ses plaisirs.

Le palais du comte Arpos surpassait en richesses tous ceux de Colombo. — Au milieu de la pompe orientale brillait l'élégance d'outre-mer: les tapis, les meubles précieux le disputaient aux lambris dorés; les aromates brûlaient dans les cassolettes d'argent ..... Par-tout les peintures à fresque offraient des tableaux dignes de l'Albane et du Corrège, et les statues aux formes parfaites reposaient sur les trépieds étincelants: celles-ci figuraient Momus, l'impudique Cypris et le fils de Sémélé; d'autres représentaient la famille royale de Portugal et le vice-roi lui-même couronné par la victoire et la paix.

Arpos obtint le sourire qui devait le récompenser de son zèle. Mais Fuentes n'était pas venu pour admirer ses trésors. Il traverse d'un pas rapide les salons magnifiques, et préfère à leur éclat le modeste boudoir où l'attendait Léonice.

L'Espagnole Léonice, la plus renommée des courtisanes, avait su lui plaire: il la désirait quelquefois; et dans ce jour où toutes les illusions de la puissance l'ont environné, il recherche avec plus d'ardeur la réalité, qu'il retrouve dans ses bras caressans.....

Elle pince de la harpe, mariant à demi sa voix à ses frémissemens, comme si leur douce mélodie devait servir de prélude aux soupirs….. Son corps est penché, ses genoux entr'ouverts….. Ses doigts glissent sur les cordes argentines….. La gaze transparente ne cache aucun de ses attraits….. Le désir est dans ses yeux, sur ses lèvres, et sa molle attitude promet toutes les délices de la volupté.

Fuentes parvient au cabinet mystérieux. Les regards de ses courtisans ne peuvent plus l'atteindre. Seul avec son Espagnole, l'ottomane les reçoit en silence….. et leur groupe se répète cent fois dans les glaces artistement disposées.

Dans les appartemens voisins, le comte Arpos, qui n'a pas la dignité du trône à ménager, se livre au plaisir avec moins de décence. Plusieurs de ses amis l'entourent. Les liqueurs enivrantes couvrent le buffet. Des femmes nues leur versent à boire: d'autres boivent avec eux dans la même coupe….. Celles-ci sont des esclaves de Colombo, dont la beauté ne laisse rien à desirer; celles-là, moins belles, mais plus coquettes, rient de la naïveté de leurs compagnes, qu'elles ne peuvent effacer, malgré toutes les mignardises d'Europe. Parmi celles dont la blancheur éblouit, quelques Africaines à l'oeil brûlant, aux lèvres de corail, aux dents de neige, présentent des appas robustes sur des corps d'ébène. Ces nuances diverses varient la jouissance, et les filles d'Afrique sont préférées souvent par les jeunes Portugais, qui, revenus de leurs préjugés, savent qu'un tempérament de feu fait oublier la couleur…..

Les lustres épanchaient des flots de lumière sur la joyeuse compagnie. A un signal du comte, ils s'éclipsent….. La lutte libertine commence, et se prolonge comme dans les fêtes nocturnes de la bonne déesse.

L'impuissance ramène l'ordre. Une douce clarté reparaît et se mêle aux ténèbres. Arpos et ses amis, à la vue des roses qui restent à cueillir, se reprochent leur faiblesse. — Le gourmand rassasié fixe ainsi d'un regard plaintif les mets exquis qu'il ne peut plus dévorer; il hume le fumet qu'ils exhalent, et rappelle en vain l'appétit qui ne revient pas.

Dans ce moment, un esclave vient annoncer au comte que l'officier de garde à la porte de Corli demande à lui parler. Echauffé par les vapeurs bachiques qui fermentent dans ses veines, il refuse brusquement la visite indiscrète. L'esclave qui revient lui remet un billet. Pour le lire, il rassemble ses forces, et s'écrie joyeux:

« Amis, c'est une jeune sauvage que l'on nous amène. Nous sommes justement dans le lieu le plus propre à sa réception: rien n'empêche qu'on ne l'introduise ».

L'officier paraît suivi de Milford et de l'Indienne. On se groupe autour d'eux. Stellina est triste; mais son carquois et ses regards respirent la fierté. Ce salon..... ces hommes au front sans pudeur, qui cherchent dans leurs verres de quoi suppléer à la nature.... ces bacchantes au visage enflammé.... tout ce qu'elle voit l'étonne. — Elle s'appuie sur Edouard.

Quelques Portugais plus hardis se disposent à l'outrager par leurs caresses familières, lorsque l'officier, maudissant le tumulte qui étouffe sa voix, la couvre de son glaive, et s'écrie d'un ton indigné:

« C'est à Fuentes seul que je dois remettre ma prisonnière. Puisqu'il n'est point ici, je la remmène. Sans doute la fille du chef de Ténor n'est point destinée à peupler votre sérail ».

À ces mots, il s'éloigne. — Le respect a remplacé l'étourderie. — Le courtisan retrouve sa raison, rejoint l'officier, l'appaise, et après avoir conduit les deux fugitifs dans un lieu écarté, il court avertir le vice-roi, qui s'empresse de le suivre.

Fuentes rassure la jeune femme, et la fait asseoir auprès de lui. Ses pleurs et le récit de Milford l'attendrissent. Il lui promet de ne pas la séparer de son amant; et après avoir chargé le comte de lui prodiguer dans son palais tous les égards que l'on doit au malheur et à la beauté, il se retire, parcourant d'un esprit inquiet la nouvelle carrière que le hasard ouvre à sa politique.

Fidèle aux ordres de son maître, Arpos ne néglige rien pour plaire à ses convives. Il les établit dans un riche appartement: des esclaves couvrent la table d'une toile aussi blanche que la neige, et de l'argent le plus pur façonné de cent manières. Il se plaît à indiquer à l'Indienne l'usage des divers ustensiles. Mais occupée de soins plus importans, elle l'écoute à peine. Les remords de la piété filiale l'attristent: elle ne peut trouver de soulagement que dans les consolations de son époux; et son époux se livre à des demandes indifférentes et à des calculs qu'elle ne peut pas concevoir. Il admire la richesse de chaque meuble; les bijoux dont le comte est paré attirent ses regards; il voudrait connaître la valeur de chaque objet, il essaie même de la fixer, et sourit aux idées numériques dont sa tête est remplie.

Il s'informe ensuite si l'on a des nouvelles de Java et de Sumatra, si quelque vaisseau doit partir pour ces contrées..... Il apprend avec peine qu'il n'existe aucun rapport entre ces îles et l'établissement Portugais.

Le courtisan, exercé à lire dans les physionomies, observe tout. L'avidité qui agite la figure mobile d'Edouard, ses gestes et la promesse de ses questions, lui donnent l'air d'un homme tourmenté par une fièvre brûlante. Mais la langueur de l'itobare exprime l'inquiétude d'un être faible que l'amour vient de séduire. Elle voudrait ne voir et n'entendre que son ami: la présence d'un hôte fastueux importune.

On avait promptement préparé des mets délicats. Stellina, en les dédaignant, se nourrit de quelques fruits, et le jus du cocotier fut sa ce seule boisson. L'Anglais, au contraire, ravi de retrouver les alimens et les liqueurs de l'Europe, fit une large offrande au dieu des festins. Dans la gaïté du sacrifice, Arpos obtint de lui toutes les connaissances qu'il pouvait desirer; et, en se retirant, il lui promit un navire et tous les secours nécessaires pour arriver chez Vindek, où il pourrait peut-être retrouver le Bellérophon.

Avant de se livrer au sommeil, Milford pense aux promesses du comte. Son imagination le transporte auprès de Rinéald: il se rappelle toutes les parties de son immense cargaison; il se voit à Java l'un des premiers négocians du comptoir….. Sa demeure est aussi magnifique que celles de Colombo…. Il a des esclaves et des amis….. et ses plaisirs n'épuisent jamais ses trésors…

Il se plaît à s'égarer dans ces routes fleuries, qui le ramènent insensiblement vers Stellina. — Que deviendra-t-elle?….. Dans une forêt, elle pouvait être sa compagne; elle lui était nécessaire!...... Mais aujourd'hui le riche Edouard ne peut pas associer à sa fortune une Indienne sans biens, que sa religion lui défend de regarder comme son épouse. Il pourrait l'abandonner; mais elle porte un enfant dans son sein!...... Cet enfant est à lui, et la fortune et la religion ne peuvent point nier son existence, ni les bienfaits de sa mère. — Non, il ne peut point la délaisser. Elle le suivra. — Dans son nouvel état, il veut la mettre à l'abri de la misère: elle aura un asile dans sa demeure, où elle élèvera son fils.

Telle est la reconnaissance de l'Anglais; il ne craint plus la faim ni le trépas. La fille de l'itobar, abattue par les remords et la fatigue, ne lui offre plus que des charmes flétris….. Elle ne peut plus lui procurer de trésors…… Les courtisanes qu'il espère bientôt posséder sont toutes plus belles que Stellina…… Elle ne doit qu'à son enfant et à la pitié l'asile qu'elle vient d'obtenir dans le palais de Batavie…… Milford ne la regarde plus comme une épouse, mais comme une esclave: il ne tourne pas même les yeux sur le pauvre sauvage qui sommeille près de lui.

Infortunée!...... elle repose!...... Pourquoi son repos n'est-il pas éternel?.. Le premier regard de Milford l'a subjuguée: ses douces paroles ont dissipé ses craintes; l'amour l'a livrée à lui sans voile et sans défense; Milford a juré aux dieux qu'elle serait toujours sa compagne...... Les pleurs ont suivi ses sermens...... — Elle ne savait pas que chez les hommes d'Europe le parjure emprunte tous les traits de la vérité!...

Le lendemain Milford, profitant de la générosité de Fuentes, choisit parmi les esclaves et les vêtemens qu'on lui présente, et s'empresse de se parer avec élégance. Il n'était pas plus brillant dans les jours de fête à Plymouth.

Stellina l'observe et ne l'imite pas: elle rejette loin d'elle tous les ornemens de l'art, n'accepte qu'une robe de toile et une femme pour la servir, et s'étonne que son ami s'éloigne sans la presser sur son coeur...

Le vice-roi s'applaudissait de posséder la fille de son ennemi, et prévoyait tout l'avantage qu'il pourrait retirer de cet événement, mais incapable d'une violence trop odieuse, il aurait voulu concilier son intérêt avec la justice. Il ne pouvait pas desirer qu'un étranger devînt l'époux de Stellina, et toutefois il repoussait les conseils d'Arpos, qui, trouvant juste tout ce qui était avantageux, s'efforçait ainsi de le persuader:

« Cette femme est le noeud qui doit nous réunir avec la tribu de Ténor: elle doit donner au Portugal l'entière possession de Ceylan; les mines du pic d'Adam sont la dot qu'elle nous apporte...... Vous seriez coupable devant la cour de Lisbonne, si vous négligiez une circonstance aussi heureuse qu'imprévue.

« L'Anglais est son séducteur, et non pas son époux. Il faut le satisfaire, et l'envoyer à son comptoir de Java. Pour épargner quelques larmes d'amour, vous ne voudrez pas trahir vos devoirs. Souvent les malheurs du faible font le triomphe de la politique.

« Vos largesses d'ailleurs consoleront le marchand. Lorsqu'il vous aura cédé tous ses droits sur son amante, elle sera dans vos mains l'instrument de la conquête. — C'est parce que vous aimez cette peuplade d'Indiens que vous devez vous emparer de la seule personne qui puisse la forcer à l'alliance qu'elle a toujours refusée. Si les Bédas ne veulent pas prêter hommage au roi de Portugal, vous obtiendrez du moins un traité de commerce; et en rendant une fille à son père vous acquerrez un pays et des richesses que nous avons toujours convoités ».

Fuentes ne peut pas méconnaître la raison d'état que le comte fait valoir avec hardiesse. Une alliance avec les Ténadares assurerait son crédit dans le continent; elle est même nécessaire à sa gloire. Plusieurs fois il avait reçu l'ordre d'attaquer la tribu, et de ne rien épargner pour la soumettre. Il avait retardé une guerre qu'il croyait inutile, et sa lenteur prêtait à la malignité dans une cour où lorsqu'on appréciait chaque année la valeur des convois du Bengale, *on ne calculait jamais le sang des hommes en déduction du produit......* Il ne peut pas cependant se résoudre à séparer la jeune femme de son ravisseur. Puisqu'ils sont tous les deux en sa puissance, il peut retarder l'injustice, sans crainte, de perdre l'occasion de la commettre.

La répugnance du vice-roi n'échappe pas à l'habile confident. Il résolut de le servir en ménageant sa faiblesse; à quelque prix que ce soit il veut obtenir Stellina, et la donner à son ami comme son bien. Il sait que sa générosité ne sera pas sans récompense, et il espère un jour atteindre ces mines inépuisables que le fer n'a jamais exploitées.

Arpos a lu dans le coeur de l'Anglais; il ne doute pas du succès de sa démarche. Il le fait appeler, lui prodigue les témoignages d'une feinte amitié, et s'étudie, par ses discours et sa conduite, à exciter la passion qui l'enflamme. — Après avoir déploré la perte du Bellérophon, *bien difficile à réparer,* il étale nonchalamment à ses regards des coffres remplis de monnaies diverses, et tout ce que son palais renferme de précieux; il lui reproche de n'avoir pas obtenu de son esclave des pierreries peu estimées à Ténor, et qui auraient relevé sa fortune; il lui demande comment cette Indienne l'indemnisera des sacrifices qu'elle va lui coûter..... Ella a peu d'attraits, point de fraîcheur; elle est sans grâces, sans amabilité. — Des vingt esclaves qui lui appartiennent, il n'en est point qui ne lui soit préférable.

Il le retient tout le jour avec lui. Après le repas du soir, il l'invite à désigner parmi ses femmes celle qu'il desire. Le charme de la nouveauté enivre le jeune homme: il trouve les raffinemens de l'art bien au-dessus de la nature.

Le comte se prêtait malgré lui aux ruses d'un séducteur. — S'il n'avait pas craint de maître, il aurait fait jeter Milford dans une barque ou dans un cachot, et se serait approprié sa femme par le droit de la force. Mais il fallait respecter les intentions du vice-roi.

L'Anglais avait respiré l'air de la corruption... L'image de Stellina n'avait point troublé ses plaisirs...

« Ecoute, lui dit Arpos, tu es parti de Plymouth pour acquérir de l'or, et non pour ramener chez ton père une sauvage de Ceylan. — La fortune, qui a voulu t'éprouver, te sourit encore, puisque je m'intéresse à toi. Je t'ai promis un navire pour Batavie. Je ferai plus, je te comblerai de richesses. Dans peu de jours tu pourras partir, et si le Bellérophon n'est pas arrivé chez Vindek, mes présents répareront sa perte.

« Mais j'exige un prix de mes bienfaits. Cette femme, qui te serait à charge, peut m'être utile; je te la demande, et je t'offre en échange celles de mes esclaves que tu préfères ».

Ces mots rappellent à Edouard l'image de Stellina; ils excitent dans son ame un trouble imprévu… Dans une heure il peut être riche!...... Dans quelques jours il peut partir pour Java!..... Un seul mot lui donne des trésors! — Mais sa femme… son enfant…

Arpos ignorait que Stellina fût enceinte. Il s'étonne que le marchand balance. Mais quoique le succès soit retardé, il n'y renonce pas, et le jour suivant, dût-il se servir du crime, il veut obtenir ce qu'il a résolu.

La nuit étais très avancée. — Milford se retire auprès de son amie, qui l'attendait dans les pleurs. Son arrivée la console. Elle se jette dans ses bras, et lui demande pourquoi il s'est éloigné si long-tems. Il affecte une tendresse qu'il n'a plus, et la rassure. L'illusion devait bientôt se dissiper…

Fuentes, averti par les gardes avancées d'Argias et de Corvitte que l'on voyait des troupes d'insulaires sur les montagnes, sent davantage le prix de sa captive.

La nature et l'avidité se disputaient la possession d'Edouard. L'insomnie ne termina point son incertitude. Deux champions se mesurent ainsi dans l'arène: leurs forces sont égales, leurs succès momentanés, mais l'épuisement les accable: la lutte est suspendue et la victoire reste indécise.

Un officier ordonne au jeune homme de se rendre auprès du comte, dont le visage n'était pas, comme la veille, couvert du masque de l'amitié. Il dit à Milford:

« Vous n'avez oublié ni mes offres, ni ma prière. — Il faut que vous vous prononciez sur l'heure. Si vous êtes assez fou pour refuser mes bienfaits, je serai assez indulgent pour excuser votre audace….. Je laisse à la misère le soin de vous punir. Vous ne reverrez plus ni Java, ni Plymouth, et vous et votre beauté fugitive vous ne vivrez qu'en implorant la pitié des Portugais ».

C'est ainsi que le courtisan abuse de l'ombre du pouvoir, en se servant d'une menace que Fuentes désavouerait sans doute… La source qui s'échappe de la montagne est pure; mais en roulant dans la vallée, son eau cristalline se charge de limon, et devient bientôt un torrent fangeux.

L'Anglais a frémi à l'idée de la misère... Le comte, qui l'observe, se radoucit, et continue d'un ton caressant:

« J'ai pitié de votre jeunesse. Vous trouverez partout des femmes, mais où trouverez-vous ce que je vous offre encore pour la dernière fois »?

À ces mots, il se lève, ouvre la porte d'un cabinet, et désignant du doigt au jeune homme une table couverte de pièces d'or:

« Mon ami, votre choix est libre... prononcez ».

Le tapis était caché sous les guinées et les portugaises... L'Anglais regarde, et n'hésite plus...

« Seigneur, elle est à vous, s'écria-t-il, et je m'abandonne à vos soins ».

« Tout cet or vous appartient. Vous méritez votre bonheur, puisque vous savez en profiter. — Restez ici; vous occuperez ce logement... Puisqu'elle vous aime encore, sa présence vous serait pénible. Je vais lui annoncer votre départ. Dans quelques jours, un bon vaisseau sera prêt à vous conduire partout. En prenant aujourd'hui l'agrément du vice-roi, vous lui ferez part de nos conditions, afin que personne ne puisse douter de ma franchise. — Jeune homme, votre sagesse précoce est le sûr garante d'une éducation mercantile..... — Je vous présage de grands succès dans la carrière que vous allez parcourir ».

Edouard croit entendre les gémissemens de son amie... Pour étouffer ce dernier mouvement de la nature, il compte son or, et sépare les monnaies... Leur son l'étourdit et l'enchante. Après plusieurs heures, Arpos le retrouve dans la même occupation.

Fuentes ne pouvait pas croire à ce marché d'infamie. Milford le lui confirme, et lui demande ses ordres. « Lâche, répond-il, pars au plus tôt de ces lieux, et sors de ma présence. Ta vue me fait souffrir ».

Le comte, en alléguant les raisons les plus probables, avait dit à Stellina qu'elle ne reverrait Edouard que le lendemain. Elle passa le jour et la nuit dans la douleur. « Peut-être même mon époux est-il exposé à quelque péril..... Peut-être ses jours sont menacés, et je ne suis point auprès de lui pour le secourir ». — À l'heure indiquée pour son retour, on lui annonça qu'il était parti pour l'Europe... Elle ne voulut point y ajouter foi. Repoussant avec horreur cette lâche accusation, elle croit plutôt à la perfidie de tous ceux qui l'entourent qu'à l'ingratitude de son ami... Elle accuse Arpos de son trépas… Elle se voit seule au milieu des assassins de son époux!..... Plus d'Emora!..... plus de père!..... plus de compagne! ..... Elle redemande Milford, et veut le suivre au tombeau.

Tous les soins de Fuentes ne purent point appaiser sa douleur. Elle fut transportée dans le palais de Portugal, où elle était servie comme la sœur du vice-roi. Plusieurs femmes essayèrent vainement de lui persuader que son ami l'avait abandonnée. Elle ne recherchait que la solitude. Insensible à tous les égards qui lui étaient prodigués, elle disait: « C'est ainsi qu'ils traitaient mon Edouard, et ils lui ont donné la mort ».

Fuentes la plaint, et ne désespère pas de sa guérison. Son cœur se révolte contre le marchand, et il desire que le tems consolateur puisse encore ramener des jours sereins pour l'infortunée.

Livre neuvième.

La Vengeance.

Tu n'insulteras plus à nos douleurs.

QUELQUES jours s'étaient à peine écoulés depuis la trahison de Milford. Le vaisseau qui devait le transporter à Batavie était dans la rade. La douleur de Stellina avait rendu beaucoup plus vive l'impression de ses charmes. Tous les officiers s'intéressaient à ses peines; ils auraient tous mis leur bonheur à les adoucir… « Jamais, disaient-ils, jamais un Portugais ne fut assez lâche pour outrager ainsi l'amour et la beauté. L'Italie, ni les Espagnes, ni les Gaules ne produisent point de ces hommes… Un spéculateur de Plymouth, un Anglais pouvait seul calculer sa fortune sur les larmes de sa maîtresse ». Le peuple de Colombo n'était pas moins sensible que ses chefs. Partout on parlait de Stellina, qu'l'on épiait sans cesse autour du palais.

Le riche Edouard n'osait pas s'éloigner de son trésor, ni s'exposer à l'indignation universelle; et si quelquefois il quittait sa demeure, tous les yeux se fixaient sur lui. Les soldats, les enfans, les vieillards le flétrissaient du doigt, et les femmes, en se retirant, se disaient entre elles: « Le voilà celui qui a vendu son épouse et son fils ».

Le chef des forêts d'Arisem, Cosmoë, suivi de ses compagnons, arrive au mont Argias. Plusieurs gardes d'escorte les conduisent à Colombo. Attirée par la nouveauté du spectacle, la foule se réunit sur les remparts. L'inquiète curiosité se manifeste sur leur passage en cris confus, et les flots agités les poussent vers le palais de Portugal.

Cosmoë marche avant tous. Son farouche regard plane sur la multitude, qu'il écarte avec l'ombre de sa massue. Le sourire de l'orgueil déride sa physionomie, et il se dit à lui-même: « Parmi ces ennemis si vantés, je n'en vois pas un seul assez fort pour se servir de mes armes... pas un dont le bras pût tendre mon arc... et ils sont les vainqueurs!.... Si le génie du mal qui les favorise ne leur eût pas donné la foudre, seul aujourd'hui, je voudrais les sacrifier à mes aïeux ».

Deux guerriers et deux brames suivent Cosmoë. L'un des brames soutient un petit coffre d'ébène qui renferme la rançon de Stellina. Ils marchent comme s'ils étaient dans le temple. Leur figure imposante, leurs longues robes de lin annoncent les ministres des dieux. Les Portugais les regardent respectueusement.

Les deux guerriers sont Termor et Mélut, fameux parmi les braves qui, le jour du sacrifice, furent prêts à se déclarer pour Riamir. Ils chérissent le chef des forêts d'Arisem, et ils ont comme lui la ceinture à peine couverte d'une panne de caros. Leur nudité montre leur force, les muscles nerveux se développent et se dessinent sur la teinte brunie de leurs corps.

Ils arrivent au palais, où les principaux habitans et les magistrats s'étaient réunis pour donner plus de solemnité à leur réception. On voulait les frapper d'étonnement... Les troupes, rangées sur la place de Lisbonne, font en leur honneur un feu de file, dont l'éclat, le bruit et la fumée arrêtent les brames, peu faits aux combats des Européans. Cosmoë observe, écoute, et poursuivant d'un air sinistre, il entre sous les portiques.

Le vice-roi, qu'entourent les officiers de sa maison, est assis sous le dais: il est revêtu de toutes les décorations de son rang. Près de lui le prélat chrétien, qui se nommait archevèque de Taprobane, semble dévouer aux enfers les brames qu'il aperçoit. Heureusement, l'inquisiteur a peu de crédit auprès de Fuentes, et les prêtres de l'Indostan ne sont pas du ressort de son tribunal.....

Des sièges sans dossier sont préparés devant le trône. Cosmoë s'approche. Ces mots retentissent sous les voûtes sonores:

« Prince, tu as juré la paix avec ma tribu dans la forêt de Suffraga; tu as promis à tes dieux de ne jamais la rompre. Le grand Vistnou a reçu nos sermens.

« Pourquoi t'es-tu livré au parjure? Pourquoi des Portugais errent-ils dans nos montagnes? Une flèche envenimée partie de leurs mains a porté la mort au brave Riamir. Stellina, surprise dans les ténèbres, a été conduite dans ces murs.

« Le lâche seul protège les meurtriers, et je te laisse le soin de les punir. Mais je te demande, au nom de ma tribu, la fille de l'itobar. Si tu la regardes comme ta captive, j'apporte une rançon précieuse.

« Accepte ma prière, et ne sois pas injuste. —Nous refusons l'alliance que tu nous offres, parce que les ossemens de nos amis privés du feu couvrent encore le rivage; mais nous aimons la paix jurée dans la forêt de Suffraga ».

Les brames déposent aux pieds du trône le rameau de cocotier et le coffre d'ébène.

« Indiens, s'écrie le vice-roi, l'artifice est inutile à celui qui a la force; je voue à la mort les assassins et les ravisseurs.

« Depuis long-tems les noms de Riamir et de Cosmoë sont fameux parmi nous; la gloire les a portés au-delà des mers. — Vous m'apprenez que Riamir est tombé sous la flèche d'un traître. Je plains le sort du brave... Plusieurs fois, il est venu comme vous dans ces lieux au nom de l'itobar..... Si nous avions voulu être parjures, qu'elle puissance pouvait alors le soustraire à nos coups? .... Et pour donner une mort, avons-nous besoin de traits envenimés. Le plomb n'est-il pas plus rapide et plus sûr?

« Indiens, je suis votre ami. Vos plaintes sont injustes. La guerre n'est odieuse, et le mensonge n'a jamais souillé mes lèvres.

« Les Portugais n'ont point surpris la fille de l'itobar. Elle-même est venue me demander un asile, suivie d'un homme d'Europe étranger à notre nation. Je lui ai donné l'hospitalité. Celui qu'elle nommait son époux l'a délaissée, il part pour des pays lointains. Recueillie dans mon palais, elle est traitée en souveraine.

« Cosmoë, j'accepte le rameau pacifique. Mais ce n'est point contre de l'or que l'on peut échanger Stellina. Je ne veux que l'amitié de l'itobar et la tienne; la rançon que tu m'offres est inutile.

« Le repos t'appelle avec tes compagnons dans la demeure qui vous est destinée. Si demain tu secondes mes vœux, j'éspère rendre la joie au père de Stellina et le bonheur aux Ténadares ».

Il dit, et l'assemblée se disperse. Cosmoë se retire dans le palais de Malespi, qui domine le golfe. Il croit Fuentes incapable de lui cacher la vérité. Si ce n'est pas un Portugais, quel peut être l'assassin de Riamir? Il se rappelle ses dernières paroles, et ses soupçons sur le grand-prêtre se réveillent....

Une inquiétude plus pressante écarte cette idée. O rage!.... Quel est donc cette homme, le ravisseur, l'époux de Stellina?....

Son hôte répond à toutes ses questions; il se plaît à lui apprendre les amours des deux fugitifs, leur arrivée à Colombo, et la perfidie d'Edouard. « L'ingrat, dit-il, est détesté parmi nous; il se cache, semblable au reptile venimeux qui n'ose plus sortir de sa tannière... là, comme le reptile, blessé le sein qui l'avait réchauffé... » La surprise de Cosmoë égale sa fureur... En écoutant Malespi, un mouvement électrique l'agite, ses veines se gonflent, s'élèvent, et leurs lignes bleuâtres se croisent sur sa figure effrayante. Il se retrace le campement du Gardel. L'affreuse passion de son amante était alors la cause de son trouble... Hier, elle fut coupable... aujourd'hui, elle est esclave!

Tous les jours retirée dans la grotte!..... C'est là, sans doute, que le monstre d'Europe l'attendait tous le jours....

Mais à peu de distance, le frère de Caliture a reçu le coup mortel. Stellina lui était destinée. Peut-être son heureux rival a lancé la flèche, rassuré par l'inviolable asile qui n'était accessible que pour lui... Il est en même tems le ravisseur et le meurtrier... Il respire encore dans les murs de Colombo, et il irait dans l'Occident jouir en paix du fruit de ses crimes?

La fille de l'itobar déshonorée n'existe plus pour les Bédas: elle ne trouverait parmi eux que le mépris et la mort..... Cosmoë renonce à l'obtenir de Fuentes; mais il peut rapporter en échange la tête du séducteur, triste offrande à la douleur publique et au désespoir paternel!

Après Riamir, le chef d'Arisem était le premier des Ténadares. Ses amis nombreux dédaignaient le séjour de Ténor et de Fétan. Tandis que leurs troupeaux paissaient dans la forêt sous la garde de leurs femmes, ils faisaient une guerre éternelle aux bêtes fauves: quelquefois désignant le but, ils disputaient de force et d'adresse, et celui dont la flèche ou le pieu l'atteignait le premier, retournait le soir en triomphe au milieu des siens. Des armes et l'oisiveté suffisaient à leur bonheur. Leurs cabanes étaient auprès de leurs troupeaux; et lorsque la terre épuisée n'offrait plus de pâturage, ils cherchaient une autre terre, où ils élevaient de nouvelles cabanes, sans regretter celles qu'ils venaient d'abandonner. Moins réuni, ce peuple pasteur était plus féroce que le reste des Singales. Cosmoë semblait le seul chef digne de disputer à celui de la Sanga le sceptre et l'itobare. Aucun Bédas aujourd'hui ne pourrait plus impunément l'outrager. Aussi le grand-prêtre l'a-t-il choisi pour se rendre à Colombo. Son absence lui est agréable, et la déloyauté portugaise peut amener des périls dont il aime à le voir menacé.

Le vice-roi connaît la puissance du chef d'Arisem: il éprouva dans la bataille de Corli son courage et la fureur de ses braves..... S'il peut obtenir son amitié, il ne doute plus de celle de la tribu. Le vieux Ditulan, pour ravoir Stellina, ne trouvera rien d'impossible. Après avoir formé l'alliance qu'il désire, le vice-roi lui-même ira la jurer dans le temple des bramines, et remettre sa captive dans les bras de son père. Ses présents et son affabilité lui attireront la confiance des Indiens. Les desirs de la cour de Lisbonne seront remplis depuis long-tems, parce qu'elle n'ignore pas que la victoire même serait fatale aux Portugais, et que la haine nationale leur rendrait à jamais inaccessibles les montagnes de Ceylan.

L'amante de Milford ne doutait plus de son trépas. Les femmes qui la servaient ne pouvaient pas vaincre son incrédulité. Le comte Arpos et le vice-roi lui étaient également odieux. Si son époux vivait encore, elle eût appris en tremblant que les envoyés de la tribu s'approchaient: la pompe de leur réception dans le palais de Portugal, où elle se trouve, eût été pour elle un supplice. Craignant qu'on ne vînt la séparer de son Edouard, elle eût embrassé les genoux de Fuentes pour obtenir son appui..... Mais puisqu'il n'est plus, elle n'a plus rien à redouter, plus rien à perdre. La présence des guerriers, des vieillards de Ténor l'intimiderait peu: le mépris de ses compagnes lui serait même indifférent..... L'inflexible loi de Brama, qui dévoue au bûcher la mère criminelle, épargne, il est vrai, l'enfant qui doit naître, mais c'est pour le condamner à l'esclavage et à la douleur..... Il vaut mieux qu'il ne sorte pas de son sein... Le trépas n'est pour elle que la fin de ses malheurs; il lui semble moins amer que ses regrets et ses remords, et la solitude douloureuse qui l'environne. Elle espère que la rançon que l'on vient d'offrir la délivrera des Portugais. Dans peu de jours elle embrassera son père, et rejoindra son époux...

L'image du vieillard qui peut-être à sa dernière heure la repoussera de son sein, l'accable autant que les maux qu'elle prévoit pour son fils. Elle ne peut plus répandre de pleurs... Cependant de nouvelles peines lui sont réservées. Le cruel amour ne veut point se dessaisir de sa proie... La mort en vain s'approche, et lui demande la victime... Elle devait encore revoir son époux, et retrouver des larmes...

Cosmoë quitte sa demeure, et s'achemine vers le palais de Portugal. Le fantôme de la vengeance avait été l'inséparable compagnon de la nuit: il marche à ses côtés... et pour que son regard n'excite pas la défiance, il adoucit son éclat funèbre par le sourire de la dissimulation...

Le vice-roi, qui l'accueille avec bienveillance, lui ouvre son cœur, et lui témoigne le desir de mettre un terme à la haine de deux peuples. Il emploie tour-à-tour le langage de l'intérêt et l'éloquence du sentiment: il propose aux Bédas de les rétablir dans les contrées de Corli et de Suffraga, qu'ils occupaient avant la dernière guerre; il demande leur alliance, un traité de commerce, et la confiance qu'exigent des échanges réciproques. Si l'itobar veut pardonner à sa fille, il promet de la conduire à Ténor, et de la remettre dans ses bras. Si la loi est inflexible, il offre de lui donner, parmi les premiers seigneurs de sa cour, un époux dont la tendresse lui fera oublier l'ingratitude d'Edouard. Elle vivra heureuse à Colombo, et le vieux Ditulan pourra quelquefois la presser sur son cœur, et jouir des caresses de ses enfans.

Fuentes ignore qu'il parle à l'amant de Stellina...... Il ignore que l'Indienne porte dans son sein le fils de l'Anglais, et qu'elle n est plus pour les siens qu'un objet d'horreur...

« Vous êtes un héros dans la guerre, dit-il à Cosmoë; devenez un Dieu protecteur dans la paix, en étouffant la haine qui multiplie la mort et empoisonne la vie...... Votre prince n'a plus de famille. Vous êtes destiné sans doute à lui succéder. Préparez le bonheur d'un peuple qui déjà vous appartient, et n'obligez pas votre ami à vous combattre. J'ai toujours retardé l'exécution des ordres du grand monarque. Ne soyez pas sourds à ma voix. Une paix inutile n'est pas un bien pour nous. Votre alliance ou la guerre...... Et comment résisterez-vous à nos armes?..... Votre valeur ne fera que retarder votre ruine.... et je puis devenir aussi terrible que mon père ».

Cosmoë, fidèle à la loi qu'il s'est promis de suivre, affectait une extrême douceur. La persuasion paraissait avoir rempli son ame. Il put entendre de sang-froid parler d'une paix qu'il abhorre, et de l'hymen de Stellina avec un Portugais... Il entendit même la menace. Mais lorsque Fuentes prononça le nom de son père, il crut se trahir. Il frémit à ce nom détesté par tous les hommes de Ceylan..... Se remettant bientôt de ce trouble involontaire, il demande à voir la captive, afin de s'assurer des égards que l'on a pour elle. Fuentes le lui refuse.

« Ta vue, lui dit-il, ne pourrait qu'accroître le trouble de l'infortunée. Ma parole doit assez te convaincre qu'elle est il traitée comme ma soeur. Chasse un doute qui m'outrage. Va proposer à l'itobar mon offre amicale, et que les pierreries d'une rançon inutile soient replacées par tes soins dans le temple du grand Brama. Ton retour doit m'apporter la guerre ou la paix. Je compterai les jours de ton absence ».

Le chef d'Arisem dévore le dépit qui le presse. Le refus qu'il a essuyé ne le décourage pas. Il répond à Fuentes en ces termes:

« Tu caches à mes yeux Stellina!...... Ce mystère m'inquiète. Si je pouvais croire à ta loyauté, à l'instant même l'alliance serait conclue. Mais je te l'avoue, je me défie de tes paroles. L'histoire de Milford, son nom peuvent n'être qu'une fable.... Je ne puis pas affirmer qu'il existe. Peut-être même Stellina ne respire plus, ou est partie pour l'Europe comme une esclave...... Autrefois nous étions plus crédules; mais à force de les violer, vous nous avez appris à douter de vos promesses.

« Je desire la vue de ce marchand: qu'il vienne, et qu'il s'explique. Alors je croirai les Portugais étrangers aux crimes dont la tribu les accuse ».

Le vice-roi balance. Sa fierté souffre des soupçons injurieux qu'on lui témoigne: mais un second refus serait un outrage. Il veut ménager le nouvel ami qu'il croit acquérir, et il ordonne que l'Anglais soit amené devant lui.

Un sourire affreux brille sur les lèvres de Cosmoë...

L'Anglais devait partir dans la nuit. Depuis l'arrivée des sauvages, il n'avait pas quitté le palais du comte Arpos. Il tressaillit à la voix du messager de Fuentes, qu'il suit à regret.

La présence du Ténadare le glace de frayeur. Quoiqu'il soit sans armes, le lâche craint son approche: il écoute à peine, et l'on peut à peine saisir ses réponses tremblantes.

Le chef d'Arisem l'entend qui fait l'aveu de sa perfidie.... Il n'hésite plus. — Son bras cherche lentement le poignard caché dans les plis de sa ceinture...... Fuentes en vain se précipite… en vain l'Anglais attentif recule...... Cosmoë le frappe au coeur..... Il repousse d'une main le vice-roi qui veut le retenir, frappe encore, et s'écrie: « Tu n'insulteras plus à nos douleurs ».

Edouard tombe, et se débat sur les marches du trône. Les gardes entourent le sauvage, qui jettant aux pieds de Fuentes le poignard ensanglanté, lui dit, furieux:

« Apprends que la fille de l'itobar devait être mon épouse...... J'ai vengé l'amour et la patrie...... Toi qui me donnes des fers, et qui parles sans cesse de justice et de générosité, tu protégeais ce monstre..... En achetant ses droits, tu approuvas son crime..... Ajoute ma tête à celle de Riamir, et punis-moi de t'avoir épargné ».

Entraîné par les gardes, il sort, fixant d'un oeil satisfait l'homme de Plymouth immobile; et en passant près de lui, il écrase d'un pied dédaigneux le sang qui ruisselle sur le parquet...

Les femmes du palais accourent. On place Edouard sur une estrade, et les enfans d'Esculape lui donnent tous leurs soins.

Le tumulte... les cris... le nom d'Edouard parviennent à l'appartement de Stellina.... Ses cheveux se hérissent; elle frissonne, s'élance dans la salle de Fuentes, écarte la foule, pousse un cri d'alarme, et se jette sur le corps de son époux.

A ce spectacle, le vice-roi craint pour les jours de l'Indienne. On essaie vainement de la soulever: elle serre Edouard sur son sein; ses bras forment un lien difficile à rompre. La pâleur de la mort est sur les deux visages.

Les efforts que l'on fait pour les séparer la raniment. La violence seule peut l'éloigner du cadavre. Ses sanglots douloureux s'exhalent avec peine... Ses yeux égarés, son front livide, ses lèvres baignées du sang de l'ingrat arrachent des larmes aux plus insensibles......

Revenue de son évanouissement, elle renaît à la douleur; mais il semble que l'usage de ses sens l'ait abandonnée; elle ne reconnaît point ses femmes et n'entend point leurs discours, elle croit que le corps inanimé de son Edouard repose sur sa couche; elle montre à tous sa blessure; elle parle à son père et à sa bonne Émora, et répète en pleurant ces mots d'une voix déchirante:

« Les méchants l'accusaient de m'avoir abandonnée...... d'être parti pour l'Europe!...... Ils l'ont tué...... C'est là, là qu'ils l'ont frappé de plusieurs coups...... Oh! je le rejoindrai avec mon enfant...... Je le rejoindrai ».

Et en disant ces paroles, elle suçait sur la toile le sang qu'elle croyait voir couler près d'elle......

Si le repos ne vient pas la soulager, on tremble pour sa vie. — Ses périls rendent la mémoire du marchand plus odieuse; l'exécration publique couvre sa tombe: loin d'exciter un seul regret, son trépas semble un châtiment trop doux...... Il aurait dû périr lentement consumé par le poison du remords, et son agonie devait être aussi pénible au moins que celle de sa victime.

Le vice-roi s'afflige de l'événement imprévu qui détruit ses pacifiques espérances. Il y renonce avec peine. Milford fut toujours l'objet de ses mépris, mais le crime ne justifie pas le crime...... C'est devant son tribunal que le Ténadare a poignardé un Européan...... Rien ne peut le défendre...

Les brames et les guerriers accourent dans le palais. Ils demandent la liberté de leur chef ou des fers. — Fuentes leur ordonne de sortir de Colombo. Les gardes intraitables ne leur donnent pas même le temps de reprendre la rançon de Stellina. Ils s'éloignent, et un torrent de menaces s'échappe de leur bouche.

Livre dixième.

La Conquête.

> Amant de Stellina, tu es libre.

COSMOË, dans le cachot qui le renferme, attend son arrêt. La loi portugaise le condamne, mais la politique qui, tour-à-tour, emploie l'indulgence et la cruauté, le couvre de son égide.

Plusieurs courtisans deviennent ses défenseurs. Amollis par le repos et les plaisirs, ils craignent que le sang du chef d'Arisem ne rejaillisse sur eux, et ils veulent qu'on lui rende la liberté.

Le comte Arpos est le seul qui ait profité du désastre. Il a repris l'or qu'Édouard avait reçu en paiement de son crime. Personne n'est moins sévère; mais les combats ne l'ont jamais effrayé. Le retour de Stellina parmi les siens lui paraît impossible. Puisqu'aujourd'hui l'alliance ne peut point se former, il croit imprudent de briser les fers du Ténadare, et il pense qu'il doit rester en otage.

Fuentes adopte son avis. Il lui reste encore une faible espérance de pouvoir renouer la trame que le fer de Cosmoë vient de rompre. — Tandis que ses officiers se livrent aux débats qu'entraîne la différence des opinions, la grande tour signale un vaisseau. En peu d'instants il paraît à l'entrée du golfe; il entre à pleines voiles dans le port.

C'était le brave Almendro, gouverneur d'Ockande. Le salut des Portugais dépend de la nouvelle qu'il apporte... Ockande, situé entre la fameuse pagode de Trincaly et la rivière de Koëbok, est le comptoir le plus voisin de Trinquemale. Les préparatifs de la compagnie d'Amsterdam sont connus, la ligue est dévoilée...... Almendro expose au vice-roi la cause de son voyage.

« Oui, seigneur, votre perte est jurée depuis trois jours. Toutes les forces de nos ennemis se rassemblent dans la baie de Dos-Arcos. Dans peu vous serez attaqué. Les implacables Bédas ont soulevé toutes les tribus, qui doivent se réunir à Ténor. Plusieurs navires, partis des possessions hollandaises; ont amené des troupes qui doivent soutenir les insulaires. Ce n'est pas à mes soins, mais au hasard, ou plutôt à la Providence, que nous devons la découverte de cette conjuration. Je suis parti ce matin du comptoir, et les vents propices ont secondé mon impatience. »

Il dit ensuite comment un esclave de Trinquemale a pénétré l'affreux complot.

Fuentes témoigne sa satisfaction au gouverneur. Ce qu'il vient d'apprendre a ranimé son ardeur guerrière. Il se reproche sa faiblesse et la résistance qu'il a opposée trop long-tems aux ordres de la cour. Les idées de paix s'effacent de son esprit comme ces rêves légers dont le jour emporte jusqu'au souvenir. L'intérêt impose silence à l'humanité. Il ne pense plus qu'au danger qui s'approche et à la gloire qui l'attend.

Puisque le destin a voulu que le secret des Hollandais fût décelé, le destin lui est favorable... Mais l'heure presse; chaque jour les deux éléments se couvrent pour lui d'ennemis irrités. Il n'a point le tems de préparer une défense régulière. Il faut hasarder un de ces coups d'éclat qui plaisent au dieu des batailles: c'est le seul moyen de ramener la victoire qui s'échappe. — Le Portugais sent dans son ame le feu sacré qui fait les héros... Il conçoit, il décide. — La témérité devient sa prudence.

Ainsi dans les beaux jours d'été le nageur insouciant s'avance quelquefois dans la haute mer: l'orage qu'il n'a point prévu arrive aussi prompt que la foudre; l'Océan tremble et se soulève; de toutes parts le danger l'environne; chaque flot lui présente la mort... Si le trouble s'empare de son ame, si la crainte diminue ses forces, ses destins sont comblés: il s'épuise, et cède par degrés à l'ennemi qui le presse. — Mais loin de se laisser abattre par l'orage, le nageur expérimenté le brave... Ses efforts doublent devant le péril. — Il court au-devant de la vague furieuse et voûtée qui menace de l'engloutir, prévient son attaque, de ses bras nerveux la brise, s'élance,... et plane sur la mer impuissante, qui reconnaît son vainqueur.

Telle fut la promptitude de Fuentes. Le comte Arpos est le seul qu'il veuille consulter. Arpos est incapable de crainte; il sait unir l'intrépidité du soldat à la souplesse du courtisan: aussi brave dans la guerre que voluptueux dans la paix, il est digne de la confiance de son ami, qui l'instruit ainsi de ses desseins.

« J'ai retardé une guerre facile à terminer, parce que je n'ai pas cru les Indiens implacables. Les Hollandais ont profité de ma confiance. Si je me renferme dans les murs de Colombo, la plus honorable défense ne peut point me justifier. Je suis coupable, si je ne suis pas vainqueur.

« Réunis à l'instant les gardes d'Ayamonte, et vole avec eux au fort d'Arias. Je t'y rejoindrai à la fin du jour. Puisque nos ennemis ont choisi Ténor pour leur rendez-vous, volons à Ténor, et que le drapeau de Portugal flotte demain sur le sommet de la colline. »

Soudain tout s'anime dans le silence de la nuit. Des officiers partent pour les comptoirs de Makoëne, de Négombo, de Chilaw et de Marabel, où ils ne doivent laisser que les troupes nécessaires à la garde des forts. Ils ont l'ordre de rallier le reste, et de le conduire en diligence à Colombo.

Arpos a tout prévu. Le pain aussi blanc que la neige, la boisson qui donne la vigueur sont déjà préparés. D'autres chariots suivent, et le fer noirci qui les couvre peut à peine retenir l'élan du salpêtre. — *Des Thersites plus invulnérables qu'Achille ne calculaient pas alors sur la nourriture des braves, ni sur la qualité de la poudre......* — Arpos, avec sa troupe, sort des murs de la ville.

Quelques heures suffisent à Fuentes. Le régiment de Bragance, celui d'Algarbie, les artilleurs de Portalègre sont rangés sur la place du Coromandel. Ils ignorent la cause de leur réunion; mais leur confiance est sans bornes. Les chefs parcourent les rangs, et ils annoncent que la guerre est déclarée aux Indiens...... A cette nouvelle, les soldats répondent par leurs cris d'allégresse: ils vont combattre les téméraires qui refusent avec dédain l'alliance des vainqueurs du Bengale. Après un long repos, ils vont se livrer encore au désordre et au pillage.... Le dogue furieux, retenu longtems à la chaîne, lorsqu'il est délié, rugit ainsi d'impatience et de joie.

Le vice-roi paraît, suivi du corps des Lusitaniens qui ne le quitte jamais. Les troupes l'accueillent par des acclamations bruyantes. Il ne leur répond que par un sourire qui promet la victoire, et il donne le signal.

Toute la garnison l'a suivi. Des armes ont été distribuées par son ordre aux habitans, que leur intérêt oblige à devenir guerriers. Si les Hollandais paraissent, la grande tour est prête à les recevoir. Le gouverneur d'Ockande est chargé de la défense de Colombo, et Fuentes s'éloigne sans inquiétude. Avant le coucher du soleil, il est au fort, où l'attendait le comte Arpos. Sa petite armée campe sur le dos de la montagne.

Cependant les compagnons de Cosmoë sont de retour: ils annoncent que leur chef est dans les fers...... Ils disent tout ce qu'ils ont appris dans le palais de Malespi...... Les guerriers frémissent; et la triste nouvelle passe de, bouche en bouche. On ne prononce qu'à voix basse le nom de la bien-aimée de la tribu, comme si l'on craignait encore de l'outrager par la calomnie. — La vieille Emora gé mit. En apprenant la fuite de Stellina, elle s'était rappelé l'existence de l'Européan: elle se reproche aujourd'hui d'avoir renfermé dans son sein la pénible confidence, et de n'avoir pas dévoilé le crime au ministre des dieux......

Dans ses plus tristes conjectures, Ditulan supposait la mort de sa fille, et non pas son déshonneur...... Caché dans son palais, il déplore l'avilissement de la race des itobars...... Il ne trouve plus de douceur que dans l'amertume de ses larmes. La ligue de Trinquemale, qui lui fait espérer la vengeance, ne peut plus effacer l'opprobre de sa famille: le trépas seul peut le rendre insensible à la honte.

Le grand-prêtre a écouté le récit des deux brames avec des sentimens contraires. Il s'applaudit de la perte de Cosmoë, qui lui paraît inévitable. Le sort de Stellina, qu'il regardait comme devant bientôt lui appartenir par les liens du sang, l'afflige; mais puisqu'elle n'est plus qu'une esclave sans appui, sans puissance, sans parens, il écarte sa mémoire, et songe à profiter de son infortune. L'itobar a plus que jamais besoin d'un successeur, et le sceptre appartient à celui qui devait être l'époux de Stellina....

L'insensé croit atteindre le but; et tandis qu'il ne rêve que puissance, les Portugais rassemblés pénètrent dans lès montagnes.

Le comte Arpos, avec cinq cents hommes, forme l'avant-garde. Il remonte les bords du Gardel, et passe les gorges de Suffraga, célèbres par la résistance des insulaires. Mais aujourd'hui Riamir et Cosmoë ne sont plus, et Ténor, privé de ces braves, ressemble au troupeau que les chiens vigilants ont abandonné: les loups pénètrent dans le bercail, sans qu'aucune voix ait donné l'éveil au pasteur endormi, qui devient la victime de son insouciance.

Le comte devait s'arrêter après le passage des gorges: mais le succès l'enflamme; il veut sans attendre Fuentes attaquer la tribu.

Quelques lieues seulement le séparaient de Ténor, lorsque l'éclat de l'acier, frappé par les rayons de la lune, étincelle aux regards surpris d'un Ténadare qui descendait la colline...... Les feux qu'il observe se croisent et se varient...... Il donne l'alarme, et retourne sur ses pas.... A l'instant les sons prolongés du cor se répètent de toutes parts. L'itobar et le brame croient que les alliés de Candi s'approchent. Ils sont cruellement détrompés par l'épouvante de tous ceux qui les environnent...... *Les Portugais ont passé les gorges de Suffraga! Ils approchent!* — Ditulan est trop affaibli pour prendre une résolution généreuse. Le grand-prêtre, qui ne recule pas devant le crime, se trouble devant le péril.... Sans chef, la multitude flotte incertaine, en attendant que quelqu'un la guide au combat.

Les guerriers d'Arisem et de Fétan gravissent la colline. Le bruit de guerre qui vient de les frapper plaît à leur ame avide de vengeance..... Caliture, suivi de mille braves, ne prend conseil que de sa fureur. Témor, Mélut, se précipitent dans la plaine avec le reste des guerriers. Il faut périr ou repousser les Européans au-delà des gorges.

Les Portugais marchent à leur rencontre. Leur première décharge atteint plus d'un sauvage..... S'ils avancent, le plomb les renverse: s'ils s'arrêtent, leurs flèches lancées de trop loin sont inutiles.

En vain leur nombre augmente. Une bouche à feu plâcée à la tête de la colonne vomit la mitraille: le jeune Malespi dirige son explosion meurtrière.

Le désordre commence parmi les Ténadares. Alors les guerriers d'Arisem reculent, et se réunissent autour de leurs chefs.

Caliture ne ralentit point sa course: il ne veut point fuir devant les assassins de son frère.... Son regard funèbre arrache à ses amis le cri du désespoir. Talahor marche son égal. Sidras, Wiperon, Bezel le pressent. Suivi de tous les siens, il court au-devant du gouffre embrasé...... Ceux qui tombent ont servi de rempart à ceux qui avancent...... Déjà les flèches atteignent les Portugais...... Le frère de Riamir se jette sur les premiers soldats de la colonne...... Il renverse Malespi dans la poussière...... Les flots de guerriers s'amoncellent, et la foudre ne peut plus les repousser...... Les glaives polis se brisent sous les lourdes massues...... Le nom de Vistnou retentit dans les airs, et les Fétanais entourent la bouche d'airain, devenue leur conquête. — Moins impétueux, les torrents d'hiver tombent du haut des montagnes, et se précipitent dans le fond de la vallée......

Le comte cède au nombre et au désespoir: il se retire en bon ordre sur une éminence, où il croit pouvoir se défendre. Les gardes d'Ayamonte se forment en bataillon carré. Semblables à la célèbre phalange, le fer qu'ils offrent de tout côté leur sert de rempart.

Fuentes s'étonne de ne point trouver son avant-garde au poste qu'il lui a fixé. Les coups de feu, les roulements du tambour lui annoncent l'imprudence de son ami. Après avoir invité les Portugais à doubler la vitesse de leur marche, il les devance avec les Lusitaniens, qui tous montés sur des bons chevaux, traversent les plaines aussi rapides que l'orage.

A la vue des Lusitaniens et du vice-roi, les gardes d'Ayamonte quittent la défensive, et reprennent le terrain qu'ils ont perdu.... La mêlée s'engage plus meurtrière: la terre est semée des cadavres indiens. Tous les hommes de la tribu combattent dans ce lieu; Ténor ne renferme plus que les enfans, les femmes et les vieillards inutiles.

Le vice-roi prolonge le combat. Il ordonne au comte Arpos de rejoindre l'armée, de prendre avec lui le régiment de Bragance, et de marcher à Ténor.

Le comte exécute son ordre avec promptitude. En moins d'une heure il arrive sur la grande place sans trouver de résistance. Tout fuit son approche. Le peuple se répand dans les bois. Les Portugais entrent dans le temple...... Après l'avoir livré au pillage et à la profanation, ils y mettent le feu..... La flamme qui s'accroît consume les cabanes et le palais de l'itobar.

Les Bédas voient derrière eux la colline embrasée. Leur rage en vain s'accroît avec l'incendie...... Les Lusitaniens auraient suffi pour les vaincre...... Les artilleurs de Portalègre, le régiment des Algarves achèvent leur défaite.

Déli, Orixa, les brames et leurs affidés fuyaient vers les montagnes de Candi. Entraîné par eux, le vieux Ditulan va chercher un asile auprès du grand-chef. — Les Hollandais, étonnés de l'activité de leurs ennemis, perdirent l'espoir de les vaincre. Ils remirent à un tems plus heureux l'accomplissement de leurs projets, et ne s'occupèrent que du soin de leur sûreté dans le comptoir de Trinquemale. — La ligue se sépara, et le sage Onémo reçut les restes de sa tribu, misérables débris du naufrage!......

Caliture et les Fétanais abandonnèrent les derniers le champ de bataille. Retirés sur les bords de la Sanga, ils voulaient défendre leurs foyers. Le comte Arpos fut chargé de les poursuivre. Les globes d'airain portèrent la flamme dans l'enceinte de Fétan.... Caliture et Talahor rejoignirent leurs amis dans les montagnes. — La demeure de Riamir ne fut pas épargnée: son urne fut ensevelie sous les ruines..... Mais sa mémoire a échappé à la destruction.....

Sur le sommet de la colline, où fut le temple de Brama, les Portugais élevèrent une forteresse; le drapeau de Portugal y fut arboré. Fuentes confia sa garde au régiment de Bragance, et il reprit le chemin de sa capitale.

La tribu des Bédas avait été jusqu'alors indomptable: mais sous le nom d'un faible vieillard un brame ambitieux la gouvernait. Le crime ne supplée pas au courage...... Affaiblie par la discorde, elle fut ainsi livrée à la destruction.....

Les habitants de Colombo, guidés par le gouverneur d'Ockande, vont au-devant des vainqueurs. Des arcades de feuillage sont dressées au milieu des gorges même de Suffraga...... Les cantatrices, les instrumens harmonieux célèbrent la gloire de Fuentes; mais à leurs sons cadencés se mêlent de longs gémissemens...... Mille cadavres indiens qui couvrent la plaine demandent les honneurs du bûcher,.... et les ossemens blanchis de leurs ancêtres se raniment pour déplorer la ruine de Ténor.

Les acclamations de la multitude ne consolent point Fuentes du sang qu'il vient de répandre...... Fuentes n'avait ni la férocité d'un tigre, ni l'ame d'un conquérant.

En rentrant dans les murs de Colombo, il s'occupe de sa jeune captive: il ne veut point qu'on lui apprenne les malheurs de sa tribu, et il fait écarter loin du palais la foule tumultueuse. Le sort de Stellina l'intéresse...... Peut-être un jour!

Inutile pitié! ..... Stellina n'était plus..... Elle venait d'expirer en prononçant les noms de son père et de son époux..... Depuis le départ des Portugais, chaque jour avait accru ses transports et son égarement. Le jour du triomphe, elle périt dans les angoisses.... L'enfant qui déchirait son sein rendit ses derniers momens affreux......

Elle périt, et les assassins de Riamir lui survivent!...... Si le Ténare et l'Elysée n'étaient que des chimères, où serait donc la justice des dieux?

Stellina fut regrettée par Fuentes, comme si les liens d'une longue amitié les avaient réunis. S'il avait cru le prêtre chrétien de Colombo, il eût fait jeter dans la mer le corps de l'infortunée. Une Indienne, une adoratrice de Brama ne méritait point, suivant le prêtre, les tristes honneurs de la sépulture.... Mais Fuentes ne voyait dans Stellina que la fille de l'itobar et la victime de l'amour..... Un bûcher, par son ordre élevé, consuma ses restes.... Le peuple l'honora par sa tristesse.....

Cosmoë languissait dans la grande tour, où ses gardes avaient eu soin de l'informer de tout. Il n'attendait plus que la mort, lorsqu'il apprit que l'on venait de prononcer sa délivrance..... La guerre avait laissé au vice-roi le besoin d'être généreux.... Assez d'Indiens lui avaient servi de victimes...... Il ordonne que le chef d'Arisem soit amené devant lui. Il veut que la rançon laissée par les brames dans le palais de Malespi lui soit rendue.

Cosmoë paraît dégagé de ses fers. Son œil farouche, son maintien superbe assurent qu'il n'a point fléchi devant l'adversité.

« Amant de Stellina, lui dit Fuentes, tu es libre. Si tu as poignardé un homme d'Europe, ce monstre avait vendu son épouse, et l'Europe le désavoue. —Tes malheurs me font oublier ton audace. — Ce coffre l'enferme la rançon de celle que je ne puis plus te rendre….. Il t'appartient. Accepte avec lui mon estime, et retourne auprès de tes amis…… Sans la ligue de Trinquemale, jamais je n'aurais porté le fer et le feu dans vos paisibles montagnes ».

Un Portugais remet à Cosmoë la rançon précieuse.

« Ces pierres, dit le Ténadare en les saisissant d'un bras irrité, ces pierres étaient l'ornement de la statue de Brama. Elles ne nous ont pas sauvés de sa colère!.... Leur poids gêne celui qui les méprise. —Vous qui pour les acquérir ne comptez pas les crimes, gardez-les, gardez ces trésors, et convenez que celui qui les donne est plus riche que vous ».

A ces mots, il jette avec dédain aux pieds de Fuentes le coffre d'ébène, qui se brise, et ouvre passage aux pierreries étincelantes qui roulent sur le parque….. Les courtisans se jettent à l'envi sur elles, et après les avoir recueillies jusqu'à la dernière, ils les resserrent soigneusement….. Leur figure animée exprime la surprise. Cosmoë les observe avec pitié. — L'homme libre contemple ainsi le malheureux courbé sous le poids de chaînes pesantes.

Il s'approche ensuite du vice-roi, et lui répond en ces termes:

« J'accepte la liberté que tu n'aurais jamais dû me ravir: je l'accepte pour ranimer les restes de ma tribu. Je te prouverai que je mérite ton estime. — Si la fortune, qui souvent sourit à l'injustice, vous est fidelle, au moins elle vous sera inutile. C'est dans nos montagnes que vous devez chercher le fruit de vos victoires: eh bien! dans ces montagnes vous trouverez partout Cosmoë. Ceux d'entre vous qui viendront creuser leurs flancs seront atteints par mes flèches, et leurs têtes courbées ne se releveront plus.... Et si malgré moi vous arrachez à la terre un peu d'or, il sera couvert de votre sang; et cette terre dont vous dévorez les entrailles, à son tour vous dévorera ».

Il dit, et le front sévère il traverse la foule des Portugais frappés de son audace.

Son arrivée inattendue à la cour du roi de Candi porte un faible rayon de joie dans l'ame des Singales. — Après quelques années, il devint le chef de la tribu fugitive, qui s'établit dans le pays de Cottiar, auprès de Trinquemale. Ditulan rejoignit sa fille; et le jeune itobar prépara, de concert avec les Hollandais, une nouvelle ligue qui devait détruire la domination portugaise à Taprobane.

Le grand-brame vécut encore long-tems, mais en butte aux soupçons de Cosmoë; au lieu du sceptre, il n'obtint que le mépris et l'impuissance..... Dans tous les pays de la terre, les prêtres sont les artisans du crime et l'erreur.

———

VOILA, mon Eléanore, le récit que je t'avais promis. — L'Amour, aux fruits délicieux qu'il nous donne, mêle quelquefois des fruits empoisonnés...... — La soif immodérée des richesses étouffe la nature, et l'or appelle tous les maux sur la terre qui le renferme.

Heureux les pays sauvages inconnus aux nations policées de l'Europe, et qui ne possèdent rien qui puisse attirer ses avides spéculateurs!

FIN.

Notes

P. 26 Lucien dédie son roman à sa sœur Élisa (Éléonore) Bonaparte.

P. 27 Les épigraphes qui précèdent chaque livre n'apparaissent pas dans la réédition de 1848.

Milford: L'influence de la pièce, *La Jeune Indienne* (1764), est évidente dans le choix du nom de Milford: dans la comédie sentimentale de Chamfort, Milford est le nom de l'ami du héros Belton.

P. 28 *Bellérophon*: Il est curieux de voir un Bonaparte mettre en scène le même Bellérophon de Plymouth qui devait, quinze ans plus tard, porter l'empereur à Saint-Hélène (Note de P. Bry, édition de 1848, p. 14). Dans la mythologie grecque, Bellérophon, fils de Glaucos et petit-fils de Sisyphe, est un héros corinthien qui tue le cheval Pégase.

Batavia: Ville coloniale sur l'île de Java établie par les Hollandais en 1619. Dans *l'Histoire des Deux Indes* (1780), Batavia est décrite dans une trajectoire du déclin (I, 239). En cela, Raynal reflète des récits de voyage qui, après 1760, décrivent une ville corrompue, putride et en ruine. Fondée originellement comme modèle de la rationalité républicaine, Batavia est devenue une métaphore de la crise de l'empire colonial des néerlandais:

> L'austérité des principes républicains, dut céder à l'exemple des peuples Asiatiques. Le relâchement fut plus sensible dans le chef-lieu de la colonie, où ... la corruption des mœurs rendit égaux tous les moyens d'accumuler des richesses. (I, 239).

en échange ... l'indigo: Voir l'abbé Raynal, *Histoire des Deux Indes*, I, 193-4.

Le Cap Comorin: Le nom du cap le plus méridional de la péninsule indienne.

L'île de Ceylan: Grande île de la mer des Indes (aujourd'hui Sri Lanka), située à l'extrémité sud de l'Inde dont elle est séparée par le détroit de Palk. Le nom est une forme corrompue du mot Simhala ou Sinhala, qui signifie *l'asile des lions*. Ceylan, se trouvant sur la route de l'Europe vers l'extrème Orient, a de tous côtés des communications maritimes faciles et promptes.

P. 29 *Le pic d'Adam*: Cime dans le groupe des montagnes du Sud, il s'élève à 2227 mètres et forme comme le noyau central auquel viennent se rattacher toutes les différentes chaines.

Colombo: La capitale ancienne de Ceylan, Colombo est toujours le centre commercial et la ville la plus grande de l'île. Elle se trouve sur la côte ouest.

Singales: Habitants de Ceylan, en provenance de l'Inde du Nord; ils ont pris possession de l'île au sixième siècle av. J.C. Les Singales (ou Singhalas) habitent l'intérieur de l'île.

les brames: Le brame est le prêtre de Brama, le dieu suprême du brahmanisme. En 1783, paraît la tragédie, *Les Brahmes*, de Jean de La Harpe.

Candy: Kandy est la résidence de l'ancien roi de Ceylan et se trouve dans les montagnes à l'intérieur de l'île.

Ténadares ou Bédas: Le peuple primitif de Ceylan, dernière tribu des aborigènes, vivant au fond des bois, sans communication avec le reste des habitants de l'île. « [C]ette nation singulière ne permet l'entrée de son pays, ni aux Européens, ni aux Chingulais » (Raynal, I, 197).

la haine des Portugais: Les Portugais abordent à Ceylan en 1505 et font alliance avec les rois singalais, pour les aider à repousser les envahissements des étrangers. En 1518, les Portugais se fortifient à Colombo et à Galles, et bientôt après dépossèdent les Singalais de tout le littoral. « A Ceylan, le peuple n'y cultivoient la terre que pour leur nouveaux maîtres, qui les traitoient avec barbarie » (Raynal, I, 137). En 1603, les Hollandais tiennent alliance avec le roi de Kandy contre les Portugais, et, après une lutte qui dure jusqu'en 1650, ceux-ci sont chassés de l'île, dont le littoral reste au pouvoir des Hollandais.

P. 35 *Le grand Brama:* Le dieu suprême du brahmanisme.

P. 49 *le bramine*: Prêtre du brahmanisme.

P. 78 *Corli:* Corli était un village considérable auprès de Colombo, que les Portugais livrèrent aux flammes au moment de la conquête. (*Note de L.B.*)

Après s'être emparés de Colombo par la trahison, les Portugais furent attaqués dans la plaine de Malvana, près de Corli, et ils détruisirent plus de trois mille Indiens dans ce combat. (*Note de L.B.*)

Les Hollandais, qui avaient offert au roi de Candy de chasser les Portugais, dans le dessein de le mettre à leur place, et qui s'étaient établis de son aveu dans la baie de Dos Arcos, ou Trinquemale. (*Note de L.B.*)

P. 80 Le *raddasinga* est le chef des brames de Ceylan. Il réside auprès du roi de Candy. (*Note de L.B.*)

P. 81 Le *paradigge* a le goût de nos poires. — Le *jombos* ressemble à nos pommes; sa couleur est un blanc mêlé de rouge qu'on prendrait pour l'ouvrage du pinceau. — Le fruit du *jack* approche de nos choux, et on le mange cru: il y en a qui sont de la grosseur d'un pain de huit livres. La graine ressemble aux châtaignes par la couleur et le goût. (*Note de L.B.*)

l'ellère: Plante médicinale qui a la vertu de cicatriser les blessures. (*Note de L.B.*)

La rivière de Mawelongue, qui descend du pic d'Adam, est la plus considérable de l'île. (*Note de L.B.*)

P. 82 Le *pandang* est une espèce de palmier, dont les feuilles très larges servent à couvrir le toit des cabanes. (*Note de L.B.*)

Le roi de Candy, qui a une suprématie décidée sur les autres rois de l'île, sur-tout pendant la guerre. (*Note de L.B.*)

P. 87 Les Portugais s'établirent dans l'île de Ceylan vers la fin du seizième siècle. Le fameux Albuquerque, après avoir fondé dans cette île la puissance de sa nation, laissa le vieux Fuentes gouverneur de Colombo. — En 1602 les états-généraux de Hollande, jaloux des succès du Portugal, formèrent la compagnie des Indes. Cette compagnie fit des établissemens à Java, et souleva toutes les nations de l'Indostan contre les Portugais. Elle parvint enfin, après bien des efforts, à s'approprier la plus grande partie de leur commerce; et la puissance de la république de Hollande suivit de près ses succès dans l'Orient.

Le jeune Fuentes fut nommé gouverneur de Ceylan en 1595. La ligue de Trinquemale fut ourdie par le Hollandais Spilbergen en

1608. Dans le mois de Juin de cette même année, le Bellérophon aborda sur le rivage de Ceylan. (*Note de L.B.*)

Cette réponse du roi de Candy est consignée dans le second livre de l'*Histoire philosophique et politique* de Raynal. Elle fut adressée au capitaine Spilbergen, agent de la compagnie de Hollande à Trinquemale. (*Note de L.B.*)

Négombo: Ville sur la côte ouest, au nord de Colombo.

P. 89 L'île de Ceylan était connue sous le nom de Taprobane avant l'arrivée des Portugais dans les mers de l'Inde. (*Note de L.B.*)

P. 91 La description des courtisans fait écho au récit de « Corruption des Portugais dans l'Inde » de Raynal (I, 138).

La bonne déesse était Isis ou Cybèle. — Elle avait des temples, qui à certaines époques devenaient des lieux de prostitution. Juvénal, dans la sixième satyre de son second livre, décrit les scènes de débauche dont ces lieux étaient le théâtre. (*Note de L.B.*)

P. 99 La forêt de Suffraga est près du mont Argias. — C'est là que Fuentes, après le combat de la Malvane, conclut la paix avec trois envoyés de la tribu, en 1597. (*Note de L.B.*)

Vistnou est le dieu qui préside à la guerre: c'est lui que les Singales invoquent sur le champ de bataille. (*Note de L.B.*)

P. 102 La loi condamnait la femme qui avait eu commerce avec un étranger à la mort; mais si elle était mère, le supplice n'avait lieu qu'après la naissance de l'enfant, qui était de suite vendu ou exposé dans les forêts. (*Note de L.B.*)

P. 108 *Des Thersites*: Dans la mythologie grecque, Thersite, fils d'Agrios, est un guerrier achéen de la guerre de Troie.

Bibliographie

Sur l'auteur

Atteridge, Andrew Hilliard, *Napoleon's Brothers* (London: Methuen; New York: Brentano's, 1909)

Béranger, Pierre-Jean, Dédicace, *Chansons de Béranger* (Bruxelles: Louis Hauman, 1836)

Bonaparte, Lucien, *Chassez-moi les Jacobins: plus d'échafauds, plus de terreur, plus de tribunaux révolutionnaires, plus de régime de 93* (Paris: Lenoir, 1799)

—, *Charlemagne; ou, L'église délivrée; poème épique, en vingt-quatre chants* (Rome: F. Bourlié, 1814)

—, *Mémoires de Lucien Bonaparte, prince de Canino: écrits par lui-même* (Paris: C. Gosselin et Cie; Londres: Saunders et Otley, 1836)

—, *Mémoires historiques sur le dix-huit brumaire*, contenant les détails exacts et plus circonstanciés que tous ceux qui ont paru jusqu'a ce jour, des séances des deux Conseils, des 18 et 19 brumaire an VIII... (Paris: Gauthier, an VIII [1799])

—, *Les Ténadares, ou l'Européen et l'Indienne*, traduit de l'anglais, de Mrs Helm [sic],... par Mr A. C. (Paris: Chaumerot, 1822)

—, *La Tribu indienne, ou Édouard et Stellina*, par le citoyen L. B. (Paris: Honnert, an VII [1799])

—, *La Tribu indienne, ou Édouard et Stellina* (Paris: J. Bry aîné, 1848) (*Les veillées littéraires illustrées*, t. I)

Chateaubriand, François-René de, *Memoires d'Outre-Tombe*, Ed. M. Levaillant (Paris: Flammarion, [1848] 1998)

Edelein-Badie, Béatrice, *La Collection de tableaux de Lucien Bonaparte, prince de Canino* (Paris: Réunion des musées nationaux, 1997)

Jeoffroy-Faggianolli, Pierrette, *L'Image de la Corse dans la littérature romantique française* (Paris: Presses universitaires françaises, 1979)

Jung, Théodore, *Lucien Bonaparte et ses mémoires, 1775-1840, d'après les papiers déposés aux archives étrangères et d'autres documents inédits*, 3 vols (Paris: Charpentier, 1882-83)

Martineau, Gilbert, *Lucien Bonaparte: Prince de Canino* (Paris: Editions France-Empire, 1989)

Memoires secrets sur la vie privée, politique et littéraire de Lucien Buonaparte, prince de Canino (Paris, 1815; Londres: Henri Colburn, 1819)

Moreau, Lucette. *La famille Bonaparte dans les sciences et les arts, ou, plus de sept générations au service de la France* (Tours: Roseau, 2001)

Rémusat, Claire-Elisabeth-Jeanne Gravier de Vergennes, comtesse de, *Mémoires de Madame de Rémusat*, 3 vols (Paris, 1802-08)

Sainte-Beuve, Charles Augustin, *Causeries du lundi,* 15 vols (Paris: Garnier fréres, n.d.)

Sur La Tribu indienne *et sa généologie*

Anonyme, `Inkle & Iarico; une Histoire Américaine, tirée en partie de l'Anglois & en partie de l'Allemend', *Bibliothèque des romans* (Nov. 1778) 128-55.

Bellettini, Lorenzo, `Dalle isole Barbados all'harem del sultano: Saggio di letteraturea comparata sulla diffusione della materia americana di Inkle e Yariko nelle letterature europee', *Bibliotheca phoenix* 19 (Florence: Carla Rossi Academy Press, 2003) pp. 1-23.

Chamfort, Sébastien-Roch-Nicolas, *La Jeune Indienne; comédie en un acte et en vers,* intro. de Gilbert Chinard (Princeton, N.J.: Princeton University Press, 1945)

Dorat, Claude Joseph, *Œuvres choisies de M. Dorat*, 3 vols (Paris: Chez Delalain ainé, 1786)

Lüsebrink, Hans-Jürgen et Anthony Strugnell, *L'Histoire des deux Indes: Réécriture et polygraphie* (Oxford: Voltaire Foundation, 1995)

Martin, Angus, Vivienne G. Mylne, et Richard Frautschi, *Bibliographie du genre romanesque français, 1751-1800* (London: France Expansion; Paris: Mansell, 1977)

Price, Lawrence Marsden, *Inkle and Yarico Album* (Berkeley: University of California Press, 1937)

Raynal, abbé (Guillaume-Thomas), *Histoire philosophique et politique des éstablissemens et du commerce des Européens dans les deux Indes*, 4 vols (Genève: J.-L. Pellet, 1780)

Sur la sensibilité, l'exotisme, les relations de voyages

Atkinson, Geoffrey, *Les relations de voyages du XVIIe siècle et l'évolution des idées* (Paris: É. Champion, 1925)

Chateaubriand, François-René de, *Atala/Rene,* préface par Pierre Reboul (Paris: Flammarion, 1964)

Chinard, Gilbert, *L'Amérique et le rêve exotique dans la littérature française au XVIIe et au XVIIIe siècle* (Genève: Slatkine reprints, [1913] 1970)

Cook, Malcolm C., `Harmony and Discord in *Paul et Virginie'*, *Eighteenth-Century Fiction* 3.3 (April 1991): 205-16

Douthwaite, Julia V., *Exotic Women: Literary Heroines and Cultural Strategies in Ancien Régime France* (Philadelphia: University of Pennsylvania Press, 1992)

Drujon, Fernand, *Essai bibliographique sur la destruction volontaire des livres, ou bibliolytie* (Paris: Maison Quantin, 1889)

Larousse, Pierre, *Grand dictionnaire universel du XIXe siècle,* 17 vols (Paris: Administration du Grand Dictionnaire Universel, 1866-1890; repr. Genéve: Slatkine, 1982-)

Martino, Pierre, *L'Orient dans la littérature française au XVIIe et au XVIIIe siècle* (Genève: Slatkine Reprints, [1906] 1970)

Saint-Pierre, Bernardin de, *Paul et Virginie,* texte établi avec une introd., des notes et des variantes par Pierre Trahard (Paris: Editions Garnier frères, n.d)

Sur Prud'hon

Clément, *Charles, Prud'hon; sa vie, ses œuvres et sa correspondance* (Paris: Didier et cie., 1880)

Cohen, Henry, *Guide de l'amateur de livres à gravures du XVIIIe siècle,* 5ᵉ edn (Paris: P. Rouquette, 1886)

Delacroix, Eugène, *Pierre-Paul Prud'hon* (La Rochelle: Rumeur des âges, 1997)

Guiffrey, Jean, *P. P. Prud'hon, peintures, pastels et dessins* (Paris: A. Morancé, 1924)

Laveissière, Sylvain, *Pierre-Paul Prud'hon* (New York: Metropolitan Museum of Art; Paris: Réunion des musées nationaux; New York: H. N. Abrams, 1998)

Legrand, Catherine, Varena Forcione, Véronique Goarin et Catherine Scheck, *De Pagnest à Puvis de Chavannes* (Paris: Réunion des musées nationaux, 1997)

Index

MHRA Critical Texts

This series aims to provide affordable critical editions of lesser-known literary texts that are not in print or are difficult to obtain. The texts will be taken from the following languages: English, French, German, Italian, Portuguese, Russian, and Spanish. Titles will be selected by members of the distinguished Editorial Board and edited by leading academics. The aim is to produce scholarly editions rather than teaching texts, but the potential for crossover to undergraduate reading lists is recognized. The books will appeal both to academic libraries and individual scholars.

Malcolm Cook
Chairman, Editorial Board

Editorial Board

Professor John Batchelor (English)
Professor Malcolm Cook (French) (*Chairman*)
Professor Ritchie Robertson (Germanic)
Dr Derek Flitter (Hispanic)
Professor Brian Richardson (Italian)
Dr Stephen Parkinson (Portuguese)
Professor David Gillespie (Slavonic)

Titles

For a full listing of titles available in the series and details of how to order please visit our website at www.criticaltexts.mhra.org.uk